交友中心
《鬼差的戀愛指南》
作者 D51 繪者 仙界大濕
生死

生死
冥婚交友中心
《鬼差的戀愛指南》

目錄

第一章 在那之後

「月婆，我要下班啦。」

我對還埋在文件堆裡的月婆打了個招呼，提著公事包離開座位。

月婆突然衝過來抓住我的手，用一副比厲鬼更怨恨的表情瞪著我。

「你想拋下我嗎？留我一個人在公司加班太過分了吧，最近你過得那麼幸福，也完全不碰我了，想把我用過就丟嗎？」

「什麼用過就丟……我們不是那種關係吧？我反而覺得更像是妳藉著是我上司的官威，逼迫我跟妳做愛呢。」

「胡說！明明就是你對我做了很多過分的事……把我壓在桌上這樣那樣，又把粗大的東西硬塞到我嘴裡。」

「……明明自己也很享受，還敢裝出一副受害者的樣子。」

「不管啦，你只有兩個選擇，一個是現在滿足我的需求，另一個是留下來陪我加班。」

「現在？我得趕回去吃飯，媛還在家裡等我呢。」

「啊啊，就是這種幸福的表情讓人不爽，明明應該介紹出去的對象卻被你私吞了，黛兒至少會來公司上班還有點貢獻，李媛那個案子你要怎麼補償公司的損失啊！」

「公司有什麼損失嗎？」

「損失了仲介費啊你這混蛋，而且一次和兩個女鬼冥婚，你不怕減陽壽嗎？」

「別跟我說妳會相信那種無稽之談，我們現在可是過著幸福美滿的生活……喂，你脫我褲子幹什麼？」

月婆以熟練的動作解開我的皮帶，脫下褲子，用細白滑嫩的小手握住我的肉棒。

「好久沒品嘗這個了，至少讓我滿足一下。」

月婆來回套弄著我的小兄弟，沒多久就一柱擎天，月婆吞了吞口水。

「這傢伙是不是又變大了點？」

「只是妳的錯覺，我可沒有去做增大手術，也沒有塞東西進去。」

「啊啊，又硬又熱的肉棒，都是你害我欲求不滿成這個樣子，你得負起責任。」

月婆蹲下來，張開小嘴含住肉棒，溼潤的舌頭在龜頭上面盤旋。

從這個角度可以看見月婆緊繃的襯衫中豐滿的乳溝，她的身材雖然嬌小，乳量卻一點都不小。

「哈嗯……吸嚕……咻嚕嚕……你每天都跟黛兒她們做快樂的事吧？竟然沒有縱欲過度，還能這麼硬……哈啊，肉棒好好吃……」

「我是在上面加了醬料嗎？」

「閉嘴啦，害我身體都熱起來了，啊嗯……哈……」

月婆的右手抓著肉棒，放在嘴裡細細的品嘗，左手則伸到窄裙中間，撫慰著隱密的部位，那模樣無比誘人。而且雖說現在沒有其他人在，我們在辦公室裡公然幹這種事，還是帶來了一絲悖德的快感。

「哈啊，摸我，摸我的胸部。」

聽見這種要求還不把手放到那對巨乳上，我就不是男人，當然要揉個過癮。

月婆的乳房飽滿而柔軟，我的手像是在那對山峰上面融化似的，牢牢地黏住無法移開。

「吸嚕，啾嚕……咻嚕……哈嗯……」

月婆吸吮的力道漸漸加強，帶來的快感也突然暴增，我忍不住抖了一下。她張口鬆開肉棒，一條晶瑩剔透的口水還藕斷絲連地連在龜頭和她的櫻桃小嘴之間。

「呼……舒服嗎？你的表情很有趣喔。」

「不得不承認妳的口交技術真的很厲害。」

「嘻，那我今晚就大放送，多給你一點福利吧。」

月婆慢慢解開鈕釦，讓雪白雙乳完全露出。多麼煽情的畫面，就算對象是月婆也充滿了性的挑逗感。

「你剛才不會是在想『就算對象是月婆這樣也很性感』這種失禮的話吧？」

「……妳是會通靈嗎？」

「啊啊！好過分，我要懲罰你。」

我的肉棒突然被豐滿的雙乳夾住，並上下滑動，那無比綿密柔滑的感受讓我又忍不住抖了一下。

「該不會要射了吧，我還沒過癮呢。」

「還、還沒……」

「這樣如何啊，很舒服吧？」

用這對乳房來乳交沒有不舒服的道理，就像把咖哩加到炒飯上面，兩樣都是好吃的東西，沒理由會不好吃。

月婆捧著藕白的乳房在我的下半身激烈地上下擺動，還不時用小巧可愛的舌頭挑逗龜頭。

快感如同電流傳遍全身，乳交加上口交的刺激太過強烈，我快要忍不住射精的欲望。

「月婆……我、我快忍不住了。」

「顧問！我們一起回家吧！」

在男人最緊要的關頭，黛兒推開辦公室的門。

噗嚕嚕嚕……噗嚕嚕嚕嚕……

精液在月婆的胸口爆發，雙乳上沾滿了白濁的漿液。

「啊啊啊，衣服弄髒了，還噴到頭髮上面，你知不知道這很難洗啊？」

「我只知道我等一下要被厲鬼弄死了。」

「顧問……你在做什麼？為什麼沒穿褲子！」

看見我光著上半身，而月婆的乳房還夾著我的小兄弟，黛兒一頭漂亮的長髮因怨氣暴增而揚起。

「嗚哇，變成蛇髮女妖了……等等，黛兒這都是誤會。」

「顧問是說我看見你沒穿褲子，月婆露出胸部，全是我的誤會嗎？」

「我們是在……是在執行儀式！」月婆靈機一動，啊哈哈地笑著。

「什麼儀式？」

「這是公司提振士氣的儀式，只要這麼做就能有效提高工作的士氣和效率。」

「太可疑了……顧問雖然是個變態，也不至於會在公司做這種事吧，再說我也是公司的員工，為什麼我不知道這個儀式？」

「因、因為這是生者才能執行的儀式。」既然月婆開始瞎掰，我也連忙配合月婆解釋。

黛兒的頭髮慢慢降下來，怨懟值降回正常的水準，我鬆了口氣。

「原來是這樣啊，我不能參與真是可惜。」

我和月婆連忙把衣服穿好，黛兒笑咪咪地陪著我到地下室開車，看來心情是變好了。

沿著停車場的通道開到地面，路口的弧面鏡映照著我們車內的狀況，黛兒雖然坐在副駕駛座上，但從旁人的角度來看，車內只有我一個人。

現在我和黛兒及媛一起生活，黛兒成了公司的正式員工，而媛每天都會煮好晚餐等我們回家，我們三人過著幸福充實的日子。

這樣的幸福有時會讓我忘記她們兩人並不是生者，而是死者。

「不知道媛今天準備了什麼晚餐，我有點想吃咖哩飯呢。」

「媛煮了什麼就吃什麼吧，要是沒吃完她可是會暴走的。」

「媛變回厲鬼模樣的時候真的有點可怕，那麼強大的怨氣連我都望塵莫及。」

「剛才妳也不遑多讓啊，都快變成梅杜莎了。」

「顧問先生真的以為我不知道你們在做什麼嗎？」

黛兒突然輕輕地說了一句，我握著方向盤，目視著前方，依然可以感覺到身旁激增的怨氣。

「我雖然很年輕的時候就死了，這些事情還是懂的，顧問背著我偷偷和月婆做快樂的事情，這是背叛的行為……」

副駕駛座的後照鏡映出黛兒恐怖的模樣，她因為怨氣暴增而能被鏡子映出來了，這樣下去肯定會嚇到路人。

「黛兒，妳冷靜一點，怨懟值快要控制不住了。」

「顧問先生好過分，我明明就在樓上加班。」

「黛兒，我是被月婆那個變態強迫……」

「為什麼不找我一起！」

「蛤？」

「在家裡的時候也是，你前天晚上趁我睡著的時候和媛做了對不對？我也好幾天沒跟顧問做愛了啊！」

「原來妳不是氣我跟月婆偷情？」

「人家討厭被排除在外的感覺嘛……而且以冥婚的傳統來說，我是你的大老婆啊，人家不是說大老婆要心胸寬廣嗎？所以就算丈夫有小老婆，我也可以容忍。」

「我想應該沒有這種說法……不對，我要嚴正聲明剛才真的是被月婆強迫的，我本來已經要打卡下班去找妳了。」

「那我就相信顧問吧，誰叫我這麼喜歡你呢，嘻嘻。」

黛兒露出甜美的笑容，我的心裡七上八下的，久久無法平復，娶鬼做妻還真是每天都有夠刺激。

為了能和兩人獲得更舒適的生活，我搬到現在居住的新家。除了各自的房間以外，也有一個專屬的小房間供奉她們兩人的牌位，所以每天早上都會出現黛兒她們站在我後面，看著我為她們上香的畫面。

「我們回來了。」

一打開家門，就看見穿著圍裙的媛到門口迎接我們，她美麗優雅的身姿，靜謐的微笑總能讓我心情平靜。

不過，為什麼是裸體圍裙？

「啊！媛小姐好奸詐，竟然用裸體圍裙誘惑顧問先生！」

「親愛的的書架上有幾本漫畫裡面有這樣的橋段，我想或許他喜歡妻子過來迎接時穿成這樣。」

「我的確滿喜歡裸體圍裙，不喜歡裸體圍裙的人我絕對不會跟他當朋友，裸體圍裙是這世上最偉大的發明之一。」

笑容滿面的媛先是給我一個擁抱，然後也抱住黛兒。

「工作辛苦了，歡迎回家。」

黛兒突然站到媛那邊去，和媛一起說出那句每個男人都想聽到的經典臺詞。

「親愛的，要先洗澡還是吃飯，還是先吃我呢？」

「嗚——聽見這句臺詞，總覺得一整天工作的辛勞都一掃而空了。」

「先吃飯吧，親愛的，然後一起去洗澡。」

「我也要！」

我們三人圍著餐桌，在溫暖的燈光下享用媛精心準備的晚餐。吃飽之後，我和黛兒負責洗碗，媛會把熱水放好，然後我們三人一起洗澡。

黛兒把自己泡在浴缸裡，只露出頸部以上的部位，重重地吐了口氣。

「啊……真是天堂般的享受。」

對我而言，現在正是置身於天堂之中，媛喜歡用她玲瓏有致的胴體替我抹沐浴乳，當她滑膩柔軟的肌膚在我身上磨蹭，我的小兄弟又忍不住昂首翹立。

「親愛的好有精神啊。」媛掩嘴而笑。

「妳這是對著我小兄弟喊親愛的嗎？」

「不管哪邊都是我的親愛的，嘻。」

「這裡也得洗乾淨才行。」黛兒笑嘻嘻地靠過來，擠了點沐浴乳在手上，搓揉著已經硬到不行的肉棒。

「嗚喔，好舒服……」

「好熱喔……而且血管一跳一跳的，哈啊啊……」

黛兒握著怒挺的男根，不自覺地紅了臉頰。

「原來……是這麼大的東西進入我們的身體啊……」

黛兒把玩著我的小兄弟，忽然一臉嬌羞地說：「怎麼辦，突然變得好想要喔。」

她不管我的反應，逕自抬起修長的腿，跨坐到我身上。

柔軟的陰部抵住肉棒，雙乳則是緊貼著我的胸膛，黛兒摟著我的脖子，把舌頭伸進我的嘴裡。

我們溼潤的舌尖輕輕地碰觸，然後相互交纏，宛如兩條激烈搏鬥的蛇。

「顧問……接吻的感覺好好喔，腦袋變得昏昏沉沉的了。」

黛兒的眼神逐漸變得迷濛性感，我的手扶著她盈盈一握的纖腰，慢慢往下滑過形狀完美的臀部。

「啊，好害羞……人家最近好像有點變胖了。」

「沒有這回事，我想女鬼要變胖也不是那麼容易的事。」

我輕輕捏了一下黛兒的臀肉，她又輕呼了一聲。

「顧問先生好過分，分明是覺得我變胖了。」

緊貼著男根的密穴不斷分泌出溼滑的汁液，黛兒情不自禁地搖動著腰臀，從口中吐出了嬌媚的聲音。

「啊嗯……哈……顧問先生的那裡好硬……」

「要坐上來嗎？」

「嗯。」

黛兒毫不抗拒讓肉棒進入身體，小心翼翼地調整了角度後，慢慢坐下。龜頭擠開厚重的蜜肉，滑進了陰道內部。

「啊啊！進來了，顧問先生的肉棒……哈啊……」

黛兒的身體像是觸電般劇烈地顫抖了一下，隨即前後擺動腰部，讓肉棒在陰道裡活動起來。肉棒被溫暖的膣肉包覆著，快感陡然增強了一倍。

這時，媛也靠過來扶著黛兒的背。

「好激烈的反應，黛兒的身體比一般人更敏感呢。」

「哈啊……媛小姐還不是一樣，跟顧問先生做的時候，都……都會叫得很大聲。」

「嗚……那是……那是因為真的太舒服了嘛。」

媛羞得滿臉通紅，忍不住低著頭不敢讓我們看見她的樣子，但那模樣實在太可愛了，讓我也忍不住伸手摟住媛的腰。

「親愛的，我也想要……哈嗯……」

這個角度正好可以飽嘗媛豐滿滑嫩的雪乳，我一邊抽插著黛兒，一邊吸吮著媛的乳頭，兩人齊聲嬌吟。

「顧問……啊嗯……顧問先生，好棒……插得好深……」

「黛兒的裡面好緊，嗚……肉棒像是被緊緊握住一樣。」

「哈啊……別說那種……令人害羞的話啦……啊嗯……哈……」

黛兒渾身香汗淋漓，一陣激烈的衝撞後，快感越過了我忍耐的極限，我猛力向上一頂，肉棒刺中黛兒的花心。

「嗚嗯嗯！那裡好舒服！」

「黛兒，我要射了！」

我的身體不自覺猛烈抽動了幾下，肉棒在溼潤無比的陰道內射出灼熱的精液，黛兒用力摟著我，跟著挺直背脊，昂首浪叫。

「啊啊啊嗯！好熱……哈啊……我也要去了！」

「好濃的味道……啊啊……親愛的，接下來換我了。」

還沒來得及把身體沖洗乾淨，媛又握住了我的小兄弟，用舌頭舔掉沾在上面的精液。

＊＊＊

我們洗完澡，已經是晚上九點的事了。平常到這個時候，我們都會一起坐在沙發上看電影，黛兒會坐在我的左邊，媛則喜歡坐在我右側。

電視上的女鬼從井裡爬出，用滿是傷痕的雙手在地上爬行，媛抱著我的手臂，竟在微微發抖。

「我說妳們啊，自己已經是女鬼了，還這麼喜歡看鬼片。」

「電影裡的女鬼比我們可怕多了……啊啊啊啊！」黛兒被女鬼轉過頭的那一幕嚇得放聲尖叫，家裡的燈瞬間閃了一下。

「她轉過來了她轉過來了！啊啊啊啊！要被詛咒了啊！」

「那個人一定有很深的怨念，才會露出那麼怨恨的表情，好可怕。」媛的眼角含淚，又害怕又想看的模樣實在是惹人憐愛。

「黛兒不是更喜歡歐美的恐怖電影嗎？例如邪靈附身在洋娃娃身上那種，說不定妳的鯊鯊二號也會被邪靈附身喔。」

黛兒嚇得臉都白了，掄起拳頭用力搥打我的肩膀。

「不要嚇我啦，這樣我晚上怎麼敢抱著鯊鯊二號睡覺……嗚嗚……該不會真的有什麼邪靈吧？」

不不不，邪靈指的就是妳們兩個啊，妳們兩個怨氣爆發的時候比電視裡的女鬼可怕一百倍啊。

與女鬼同住有個好處，不管外面天氣多熱，家裡永遠是涼颼颼的。

看完電影，我忍不住打了個呵欠。上了一整天班，下班前又被月婆弄了那一下，回家還和黛兒及媛大戰一場，就算我有超人般的體力也會感到疲憊。

「黛兒，媛，我要先去睡了。」

「欸——我還想再看一部《阿納貝爾VS重生九叔》，不陪我們一起看嗎？」

「《阿納貝爾VS重生九叔》……妳去哪裡找到這部片的？根本無法想像電影的內容，害我也想看了。不行不行，我得去睡了，妳明天也要上班，不要給我熬夜。」

「我是鬼，晚上不睡覺很正常吧。」

「那妳白天就別打瞌睡，你看媛都已經睡著了。」

看了一部電影後，媛靠在沙發上睡得香甜，我們沒有叫醒她。

「嗚……好吧，我也早點睡。」黛兒把DVD收好，我正要把媛抱進她的房間，外頭突然有人按了門鈴。

叮咚。

「這麼晚了會是誰？」

我從門上的貓眼看到一名中年男子一臉嚴肅地站在門外。我剛搬來時跟左右鄰居打過招呼，認得他是住在隔壁的林先生。

「林先生，這麼晚了有什麼事嗎？」

記得林先生是某間科技公司的經理，與妻子和讀高中的兒子住在隔壁。

「你最近有沒有發生什麼怪事？」林先生壓低聲音，神祕兮兮地問我。

「怪事？例如什麼樣的怪事？」

「最近晚上加班的時候老是看見窗外有白影飛過，我已經看到好幾次了。我老婆也說睡覺時常聽見有人在床邊走動的聲音，這不就是鬧鬼嗎？」

真不好意思，你家隔壁就住了兩隻厲鬼。但我想林先生家裡的靈異現象應該不是黛兒或媛造成的，她們的怨懟值已經可以保持在很穩定的狀態，不太容易引發靈異現象了。

「你自己一個人住，難道都沒遇上什麼怪事？我們這棟大樓剛落成沒幾年，可我聽管理員說以前工地發生過事故，有工人不幸身故，這樣我們的房子不就變成凶宅了嗎？」

「林先生，你冷靜點，應該只是錯覺吧？」

在外人眼裡，我是一名獨居的上班族，我當然不可能告訴他們我帶著兩隻女鬼搬到這裡來同居。

「不可能是錯覺，我家的寵物攝影機都拍到模糊的人影在家裡走來走去了，這棟大樓一定有什麼問題。」

林先生越說越激動，我只能盡量安撫他。這種事找我也沒有用啊，我家的女鬼很乖的，不會跑到別人家做這種奇怪的事。

「顧問先生，睡覺前要記得先洗臉刷牙喔，呼啊……我想睡了。」

換好睡衣的黛兒從我後面經過，正拿著一條毛巾擦臉，本來是瞇瞇眼的林先生眼睛突然睜得老大，死盯我背後憑空飄浮的毛巾。

「毛……毛巾在空中飛啊！你還說沒有碰到怪事，我都親眼看見了。」

「毛巾？沒有啊，我沒看見，林先生你是不是太累了？」

「啊啊啊啊！連馬克杯也浮起來了，鬼……有鬼啊！」

我抵死不認有毛巾在空中飄浮，結果黛兒又開始喝睡前的熱牛奶，把林先生嚇得魂飛魄散，屁滾尿流地躲回家裡。

「顧問先生，你在跟誰說話，為什麼我聽到慘叫聲？」

「為了保險起見，我先確定一下，妳沒在半夜跑去鄰居家裡搞怪吧？」

黛兒嘟起小嘴，雙手扠著腰，氣噗噗地說：「我看起來像是會去別人家裡惡作劇的那種人嗎？」

「不是就好，媛應該也不會那麼做。這麼說來，林先生家裡鬧鬼的原因只有一個了。」

「什麼什麼，快告訴我。」

「應該是在附近飄盪的靈魂，被我們晚上的聲音吸引過來。畢竟只有祂們聽得見妳們的聲音。」

「什麼聲音啊？」

「叫床的聲音。」

黛兒雪白的俏臉忽然紅得像蘋果似的，一路追打我到房間裡，我們撲在床上，氣喘吁吁。

「我們會發出那種聲音……還不都是顧問害的。這麼說被吸引過來的都是一些色鬼囉？」

「說不定也有欲求不滿的女鬼。那就是我這個冥婚交友中心顧問該出動的時候了。」

「顧問先生這個大變態，色魔……為什麼跟你這個大色魔一起生活會如此幸福呢？」

黛兒把手放在我的胸口，低語呢喃著。

「真希望……這樣的日子可以永遠持續下去……呼……呼……」

黛兒睡著了，真是的，要睡回自己房間去睡啊。

我抱起黛兒，把她放回床上，然後又到客廳把媛抱進她的房間。

如果有人問我現在的生活是否幸福，我的答案是肯定的。

雖然旁人看不見也聽不見她們，但她們兩人是我現在最重要的，結下冥婚姻緣的妻子。

＊＊＊

「這次的案件，是在某個廢棄工廠上吊自殺的女性，她的家人想要替她尋找姻緣。那個廢棄工廠因為鬧鬼鬧得太凶，有幾個半夜躲到工廠吸膠的遊民被活活嚇死，地主已經把工廠封鎖起來了。」

月婆把這次我要負責的案件資料在桌上攤開，面對厲鬼是非常危險的事，就算是我們冥婚交友中心的員工也不例外。處理每一樁案件前我一定會仔細閱讀資料，掌握死者的情報，這也是為了保護自己。

「顧問先生，你看，這裡寫著『曾請法師前往超渡無效』耶，連法師都沒辦法超渡的厲鬼感覺好可怕喔。」

「厲鬼有那麼好超渡就不用我們出面了。妳想想看，妳還沒卸下心防那時候，如果有個法師跑到妳面前燒金紙、作法事，要妳趕快去輪迴轉世，妳會聽他的嗎？」

「當然不會啊。」黛兒想了想，理直氣壯地回答。

「鬼之所以會變成厲鬼一定有原因，不找出問題就要人家去輪迴轉世，再不然就是用法術驅趕抓鬼，我們公司不做那種暴力的行為。」月婆說。

「這也是我們的成功率高，口碑良好的緣故，我們是訴之以情，動之以理，從源頭徹底解決怨氣發生的原因。」

「原、原來如此，我覺得我更尊敬顧問先生跟月婆了！」

案件目標是五年前因為股票投資失利，向地下錢莊借錢後被龐大的債務壓垮。走投無路之下，又不想連累家人，所以到廢棄工廠旁自我了斷的女性。

死者名為莊欣，這五年來，家屬請法師到自殺現場超渡莊欣好幾次，但工廠內的靈異現象卻絲毫沒有減少，已經對周圍的住戶造成極大的困擾。

「這個案子就交給你了，沒問題吧？」

「女性的案件交給我這個冥婚交友中心的王牌顧問準沒錯。我一定會降低她的怨懟值，然後為她找到一個適合的對象。」

「好，那就快點出發吧，這個月的業績就靠你們了。」缺業績的時候，月婆倒是很有主管的樣子。

為了拯救孤苦無依的悲傷靈魂，我和黛兒馬上開車來到資料中的廢棄工廠。

現在才晚上八點，廢棄工廠附近卻沒有半個人影。周圍雜草蔓生，飛蛾撲打著閃爍的路燈，鏽蝕斑斑的紅色大門也平添了不少恐怖氣氛。

「哇喔，好像鬼片裡面的場景，工廠裡面會不會有一座古井啊？」黛兒探頭往鐵門裡面看了一眼。「我以前也是待在這種殘破荒涼的地方呢，還好顧問先生把我救出來了。」

「我們進去吧，她一定等待很久了。」

我推開生鏽的鐵門，陳年老舊的轉軸發出了「呀」的怪聲。廠房前面有一塊寬闊的空地，牆邊放著一間木製的狗屋，本來養在這裡的看門狗也被主人帶走了。

晚上的風吹得廠房的浪板不斷震動，時不時發出嚇人的噪音。

就算這裡沒有鬼，這氣氛也足夠恐怖了。

前面的鐵皮廠房門口用黃色的封條圍了起來，入口的鐵門也被上了好幾個鎖。這是業主為了避免又有人闖入，在裡頭遭逢橫禍所能想到唯一的辦法。

「黛兒，月婆給我們的鑰匙在哪裡？」

「在我這裡，要打開嗎？」

我點了點頭，這正是我們此行的目的。黛兒打開門上的三個鎖頭，我則拿出手電筒，照亮空蕩蕩的廠房。

工廠廢棄的時候，業主已經把所有的機器搬走了。這個占地約有一個網球場大小的廠房裡面只剩下無數生鏽的鐵柱，破洞的屋頂，還有幾乎全被打破的窗戶。

「那裡是整個廠房裡面殘留怨念最重的地方。」黛兒指向其中一條橫梁，大概就是莊欣用來上吊的地方。

我彷彿能夠看見，五年前那個淒涼的深夜，她獨自一人走進這間廢棄工廠，架好梯子，在這根橫梁上面綁好麻繩，然後套到自己的脖子上。

她用腳踢倒梯子，身體自然落下，自身的重量讓麻繩狠狠地絞住氣管。幾十秒後，她開始痛苦掙扎，手足無助地亂動。

但是她連聲音都發不出來，隨著腦內缺氧，她的身體漸漸停止活動，殘留的慣性讓她變成了一具懸掛在橫梁上微微擺動的屍體。

她就這樣晃啊晃的，晃啊晃的。

我眼前忽然出現了一雙沾滿汙泥與鮮血的腳，在我眼前晃啊晃的。

我的工作是跟鬼魂打交道，就算祂們突然在我眼前現身，也必須保持鎮定，絕對不能失態。

也就是氣勢的問題，面對怨懟值很高的厲鬼，如果氣勢上先輸了，會有被附身或詛咒的危險，更別跟祂們好好談話了。

冥婚交友中心的顧問們不是道士或法師，我們的工作不是收妖伏魔，而是打開厲鬼的心防，從而消除怨氣。

「她的靈魂果然在這裡，到現在還吊在上面啊。」

「我……我不敢看。」

「妳居然把眼睛遮住，一樣都是鬼有什麼好怕的？」

「刺青的流氓也跟你一樣都是人，你為什麼怕流氓？」

「妳這個吐槽真是擲地有聲，我被妳說服了，可是遮住眼睛氣勢就輸了啊。莊欣現在的怨懟值很高，處於神志不清的瘋狂狀態，妳要是遮住眼睛，我覺得她會跑到妳面前狠狠盯著妳，那樣更恐怖吧。」

黛兒一聽我這麼說，馬上把手放下，整理了一下衣領。

「嗯哼，莊小姐，我們是冥婚交友中心，這次是受妳的母親之託，來為妳找一個適合的對象。請問妳有空跟我們聊聊嗎？」

「莊欣已經在這裡吊著五年了，難道她會說我忙著吊在上面搖晃，所以沒空嗎？莊小姐，我們不是壞人，是來幫助妳脫離痛苦的，請妳先把怨氣收起來，否則我們無法對話。」

懸掛在橫梁上面的麻繩突然斷裂，莊欣砰的摔在地上，長髮蓋住臉龐，我們看不清她的樣貌。

「終於肯下來了，吊在上面怎麼說話，哈哈。」

我正想著這次的對象出乎意料地好溝通，沒想到下一秒就發生了讓我也頭皮發麻的事情。

莊欣的身體忽然開始蠕動，以不符合常理的姿勢朝我們這裡快速爬過來。

黛兒嚇得跳到我身上死命地抱住我，這個景象好像在昨晚的恐怖電影裡看過。

「哇啊啊！她生氣了，都是你惹她生氣啦，怨氣整個失控了。」

宛如蜘蛛一般爬行的莊欣冷不防抬起頭，蒼白的臉上滿布著血痕，五官幾乎看不清楚了，只剩下三個扭曲的黑洞。

莊欣發出了淒厲的吼叫，龐大的怨氣讓整個廠房震動起來，散落一地的鋼筋在空中亂飛。

一根鋼筋朝我們飛來，我連忙把黛兒撲倒。莊欣引發的靈動現象太過強大，簡直就像第一次見到媛那時似的。

我們在廠房裡逃竄，莊欣則緊追在後。

「等等，別那麼凶暴，我們不是來討債的，有話好說。」

「嘶……」

我們好像聽見莊欣開口說了什麼。

「嘶……嘶……」

「妳聽得懂她在嘶什麼嗎？」

「不是嘶，是死啦！她要我們都去死。」

黛兒哇哇大叫，好像忘記她自己本來也是一隻厲鬼。

「嗚哇她爬得有夠快，妳就不能跟她鬥法一下嗎？」

「嗚咿咿咿……我都快嚇死了，根本沒辦法激發怨氣啊。」

「還有這樣的喔！」

這樣繼續繞著廠房跑馬拉松也不是辦法，我決定展現做為顧問的價值，讓這個窮追不捨的厲鬼嚇一跳。

我把黛兒湧入懷裡，給了她一個熱情無比的深吻。我們吻了足足有一分鐘之久，黛兒臉上泛起紅暈。

「哈啊啊……怎麼突然親人家，我們正在逃命耶……」

莊欣的動作停下來了，歪著頭以一種古怪驚悚的姿勢盯著我們看。

「妳一定很好奇我們為什麼會跑到這裡來，但請妳不要害怕，我們是來幫妳。」

「幫……我？」

莊欣的怨氣稍微減退了一些，能夠正常地說話了。

「為什麼要幫我……每個人來這裡都看不到我……聽不見我的聲音……那些法師……只想把我除掉……覺得我是個禍害……你們又……是誰？」

由於我們站著，趴在地上的莊欣必須仰著頭看我們，所以我索性一屁股坐下，這樣才能平視她的眼睛……雖然現在還是兩個扭曲的黑洞。

「我們是冥婚交友中心的顧問，如妳所見，坐在我旁邊的黛兒也不是人，她曾經和妳一樣是怨氣深重的厲鬼。」

「妳也是……鬼……」

「啊哈哈，明明是鬼還在冥婚交友中心上班，很好笑吧？」黛兒摸著她那頭漂亮的金髮，露出可愛的微笑。

「你們不是來……超渡我的……？」

「我看起來像法師嗎？」

「不像……」

「雖然剛才我已經說過一次，但妳可能沒聽清楚，我們是受妳母親委託，來為妳尋找良緣。莊小姐，妳有聽過冥婚嗎？」

「地上……撿紅包？」

太好了，她的理智正在恢復，只要繼續溝通，就能讓她理解我們接下來所要做的事。

「沒錯，就是地上撿紅包那種。不過我們不用那麼過時的伎倆，我們以科學的方法配對尋找，讓每一位厲鬼都有機會找到合適的對象。」

「媽媽……要……幫我找對象……媽媽……媽媽……嗚嗚……」

莊欣想起她的母親，忽然抽抽噎噎地哭了起來。

「媽媽，對不起……我是個不孝的女兒……嗚嗚……嗚啊啊啊……」

隨著淚珠掉落，她臉上那兩個扭曲的黑洞逐漸變回眼睛的形狀。能夠哭泣，代表她已經能體會到心中的悲傷，而不是只有怨恨。

哭泣也能適度解放壓力，這對我們來說是成功的一步。

「冷靜一點了嗎？」

「嗯。」

「我好像做了一個很長的惡夢，那些放高利貸的黑道……我只是跟他們借了一百萬，卻利滾利怎麼也還不完，他們便強押我去拍A片……我、我真的走投無路，他們還威脅要殺害我的家人……我好恨他們。」

「這股恨意讓妳自殺身亡後，無法離開人世。而怨氣慢慢的增長，使妳變成可怕的厲鬼。」

莊欣茫然搖頭：「我不知道發生了什麼事，上吊之後的事情我全都不記得了。」

莊欣回復理智之後，怨懟值顯著下降，原本恐怖的面容也回到原本清秀的模樣。

「莊小姐，妳願意接受冥婚的提議嗎？這也是妳母親的願望，她想替已經死去的妳找到一個好的歸宿。」

「像我這樣的人，也能找得到對象嗎？」

「請相信我們冥婚交友中心，我們正是為此而來。妳願意冷靜下來和我們談話真是太好了。在替妳尋找對象之前，我們必須先淨化妳的怨氣。」

黛兒點點頭，接著說明：「怨氣沒那麼容易淨化成功，現在妳只是暫時冷靜下來而已，只要情緒一激動起來還是會被怨氣支配。」

「那……我該怎麼做？」

「不用擔心，我們得花點時間，但一定能成功的。」因為有同為女鬼的黛兒做保證，莊欣才願意相信我們，省去我不少脣舌。

淨化厲鬼的怨氣就像打開她心中的結，必須從源頭下手。莊欣恨的是那些放高利貸的黑道分子，只要能把那些人繩之以法，就可以消除產生怨氣的根源。

「莊小姐，請妳告訴我被黑道分子迫害的過程。也許回想起來會讓妳很痛苦，但妳必須說得越詳細越好，這樣我們才有辦法幫妳。」

莊欣點點頭，正要開口時，工廠深處忽然傳來了清麗俏皮的哼歌聲。

那是女孩子的聲音，晚上在這種地方聽見歌聲，就算我身旁已經有兩隻女鬼，還是讓我頭皮發麻。

「是誰？」我倏的起身，聲音沒入黑暗之中。

哐啷、哐啷、哐啷。

緊接而來的聲音讓莊欣倒抽一口涼氣，連黛兒也渾身發抖。

黛兒用雙手摀住耳朵，像是換氣過度般拚命喘氣，身體兀自抖個不停。

「黛兒，莊小姐？妳們怎麼了？」

「我……我不知道，但是那個聲音讓我好害怕……啊啊……啊啊啊！」

我抱住黛兒，想讓她平靜下來，她和莊欣的怨懟值都在急速升高。我不明白發生了什麼事，但一定跟那個唱歌的少女有關。

「妳是誰？快點現身！」我厲聲喝道。

「唉唷，不要那麼凶嘛。我可沒想到會在這裡遇到活人。」

伸手不見五指的黑暗中伸出了一隻雪白的裸足，歌聲的主人來到我們面前，我怔怔地望著她。

那是一位美得不可思議的少女，端正美麗的臉蛋，雪白的長髮，一身白色系的露肩洋裝，一塵不染的雪足。

但要命的是，她手裡拖著一條隨便揮就可以砸死人的鐵鍊。

無法描述的怪異感創造出了無法形容的美感，白髮少女對著我們吟吟而笑。

「嗯嗯，哼哼，原來如此，你們也是我的目標之一，我的運氣還不錯。」

白髮少女雙手扠腰上下打量黛兒，然後扭頭看向莊欣。

「啊啊……啊啊啊啊！」

莊欣突然抱著頭痛苦大叫，怨懟值宛如升空的火箭，瞬間變回厲鬼的模樣。

「先從妳開始處理。」白髮少女咧嘴一笑。

「等等，妳是誰，妳也是鬼嗎？」

「鬼？真失禮呢，本小姐看起來像是這種無主的孤魂嗎？我可是鬼差大人，哼哼——」

跟鬼打交道這麼久，這還是我第一次碰到鬼差，難怪黛兒與莊小姐會感到害怕了。更令我意外的是，鬼差竟是一位絕世美少女。

「鬼差……是黑白無常，像牛頭馬面那種嗎？」

「哼哼，區區一個活人居然敢對本小姐提問，不怕我把你的魂魄勾走嗎？看在你膽子夠大的份上，我還是回答你這個問題吧。黑白無常大人和牛頭馬面大人是比我更資深、更厲害的鬼差，要是祂們出現在你面前，你就死定了喔。」

我不曉得原來鬼差還有分等級，但拿著一條鐵鍊就說自己是鬼差，我才不相信。

「那麼鬼差大人到這裡來有何貴事呢？」

「當然是來把她帶走。」白髮少女指著再度厲鬼化的莊欣。

「她在過去五年間咒死了三個無辜的民眾，必須償還她的罪行。」

這麼說來，資料中確實有提到幾個躲到工廠吸膠的遊民橫死在這裡。

「等一下，莊欣是我的客戶，妳不能把她帶走。況且那幾個橫死的案例有可能是因為吸膠過量而死，不一定是莊欣造成的吧？」

「你是在質疑地府的公權力嗎？人在做不只是天在看，地府也在看，你們在人界的一舉一動，都會影響到死後的審判。」

「啊啊啊……嗚啊啊啊！」

莊欣發出激烈刺耳的慘叫，手足並用瘋狂地爬向黑暗，想要逃離鬼差。

白髮少女冷哼一聲，揮出鐵鍊。那條粗大的鐵鍊飛出去捆住莊欣，可怕的厲鬼在鬼差面前完全沒有還手的餘地。

地面突然打開一道開口，白髮少女拉著鐵鍊輕輕一拋，把莊欣丟進裡面。

「這樣就搞定了，輕輕鬆鬆。」

白髮少女笑咪咪地把鐵鍊從地洞收回，那個漆黑的大洞瞬間回復原狀，難道這女孩真的是鬼差？

「鬼差小姐……她之後會怎麼樣？」

「這就不是你該插手的事了。你也是和鬼打交道的人，以後說不定我們還有機會見面，我就特別告訴你本小姐的名字吧。我叫季珂，鬼差季珂，要記住喔。」

這下可好了，我的客戶被鬼差收走，要怎麼跟公司回報才好，希望不會被扣薪水。

我突然覺得有點不對勁，季珂知道我是和鬼打交道的人，也就是說，她知道我是做什麼工作的。

「接下來換妳了，如果妳不逃跑，我可以不用鐵鍊捆妳。」季珂滿面笑容反而讓我覺得毛骨悚然。

「咿咿！」

黛兒嚇得躲到我背後，我連忙質問季珂：「為什麼要抓黛兒，她沒做什麼壞事吧？」

「你們冥婚了對吧？」

「那又怎麼樣，冥婚犯法嗎？」我理直氣壯地說。

「冥婚是做功德，當然不犯法，地府也很樂見無主的孤魂可以找到歸宿。可是……」

季珂一步步逼近我們，我護著黛兒後退。

「其實最近地府通過了一夫一妻制的法案，所以重婚是犯法的，你和兩個女鬼結成夫妻，我必須帶一個走。」

「地府的法案跟我有什麼關係？」

「確實跟你沒關係，但是跟她有關係。」

「開、開什麼玩笑，我們哪會知道地府通過什麼法案啊！」

「公告有貼在地府的公布欄啊。」季珂兩手一攤。

「那我不就得先死一遍才能看得到公告！這種做法太粗暴了吧，我絕不會讓妳帶走黛兒。」

「顧問先生……我好害怕，我……我不想離開顧問先生。」

「沒事的，我一定會保護妳。」

「不帶走她也行，那我帶走另一個囉。」

「媛也不行！她們都是我的妻子，我絕不會讓妳帶走任何一個。」

我對著季珂大吼，情緒激動不已。她不但沒生氣，反而笑得更開心了。

「你好像還沒搞清楚狀況呢，冥婚交友中心的顧問先生。閻王要你三更死，誰敢留人到五更，地府的法律是絕對的，不容你一介凡人挑戰。」

季珂手中的鐵鍊忽然自己動了起來，捆住黛兒的腳踝，她輕輕一拉，黛兒便被她拖了出去。

我眼睜睜看著黛兒像莊欣一樣被鐵鍊捆住，她淚眼汪汪地向我求助。

「顧問先生……救我……我不想被抓走……嗚嗚……」

我一時心急，哪管得了季珂是鬼差還是什麼人，不顧一切的衝上前去抓住鐵鍊，不讓季珂拖走黛兒。

「喂，放手，否則連你的魂魄都會被勾魂索吸走。」

「我怎麼可能放手，黛兒……黛兒是我的妻子啊！」

「真是可憐，但我也無能為力，這是地府的命令，你沒有違抗的餘地。」

季珂的力量大得驚人，我死命拉著鐵鍊，還是被她拖著往前走。

眼看地面又打開了通往地府的通道，黛兒只要被丟下去，我就再也見不到她了。

情急之下，我撲過去抱住季珂的雙腿，沒想到她忽然發出一聲嬌呼。

「咿！放、放開！男女授受不親，不要抱著我的腿，變……變態！」

季珂宛如白雪般的肌膚染上了嬌羞的粉色，小手用力推著我的臉，想要把我推開，但事關黛兒的命運，我怎麼可能鬆手。

「快──放──開！」

「不放，除非妳答應放了黛兒。」

「嗚嗚……我的身體竟然被男人碰到了……害羞死了啦。」

季珂鬆開鐵鍊，雙手遮住俏臉，一屁股坐在地上。看她這個反應，難道是個很容易害羞的女孩？

我想解開捆住黛兒的鐵鍊，但手一碰鐵鍊就渾身無力，彷彿力氣都被鐵鍊吸走似的。

「可惡，解不開……季珂，要怎麼才能解開這東西？」

我一轉身，不小心被散落在地上的鐵鍊絆倒，一下子失去平衡，意外地撲倒在季珂身上。

「好痛……該死，兩隻腳都沒力了，我的靈魂該不會真的被吸走了吧？」

我有點頭昏眼花，正想起身，卻感覺到雙手似乎抓著兩團柔軟的東西。

「這種熟悉的觸感，不輸給黛兒和媛的彈力，嗯……應該是胸部。」

躺在地上的季珂嚇得花容失色，眼角泛著淚光，小臉脹得通紅。

「咿……咿啊啊啊！變態，死變態，非禮啊！」

「非禮？抱歉抱歉，剛才突然腿軟，不小心被妳的鐵鍊絆倒……不對，快點解開黛兒的束縛，不然我就不放手。」

我稍微揉捏了一下胸部，季珂像是觸電般發出了嬌吟，身體極度敏感。

「嗚嗯嗯……啊啊……不要捏人家的胸部……變態……放開我！」

嬌羞的反應讓季珂渾身酥軟，綁住黛兒的鐵鍊似乎跟著出現鬆動的跡象。見狀，我更是努力揉，讓季珂嬌喘連連。

哐啷一聲，鐵鍊終於完全鬆開，我抱起黛兒拚命往工廠門口跑，身後傳來季珂的怒吼。

「變態，死變態！你給我記住，我絕對不會放過你！」

我們飛奔上了車，油門直接踩到底，火速遠離工廠。

「呼……呼……那個鬼差是怎麼回事，她真的想把妳帶走。」

「好可怕，那條鐵鍊一捆上來，我的身體就不能動了。我還以為真的會跟莊欣一樣被丟到那個大洞裡面去。」

黛兒還是一副驚魂未定的樣子，我溫言安慰她。

「沒事了，我們先回家，明天再跟月婆回報今晚的過程，放心，我絕不會讓地府帶走妳們。什麼一夫一妻制的新法案，地府的法案跟我這個活人有什麼關係？」

「顧問先生，嗚嗚……我真的好害怕。」

黛兒靠著我的肩膀，輕聲啜泣，我已經很久沒有看見黛兒悲傷的模樣了，而我一點都不想看到她的眼淚。

我曾對自己發誓過一定要給她們幸福。

現在則再次暗自起誓，地府也好，天庭也好，不管是誰來抓人，我都不會放手。

當我這個冥婚交友中心的顧問是塑膠做的嗎？

第二章　奇遇

回到家裡，我卻被面前的一幕嚇得呆若木雞，季珂竟然坐在餐桌旁，與媛喝茶聊天。

「你們回來啦，親愛的。這位白小姐說她是你的朋友，所以我就請她先進來坐了。」

「季珂，妳妳妳妳怎麼會知道我家在哪裡？」

「別小看鬼差啊，我們什麼都知道。」

「媛，快點過來，她是地府的鬼差，要來抓妳們。」

媛嚇得花容失色，與黛兒一起躲在我背後。

「別緊張，這裡是你家，我也要給這裡的主人一點面子，今天不會在這裡出手抓人。」

季珂放下茶杯，雪白的長髮微微揚起，茶杯「喀喀」地震動起來。

「不過……你剛才對我做了那些變態的事情，別以為我會輕易放過你。我可是鬼差，是地府的官員，你竟敢非禮鬼差？放眼整個人世，也只有你這個變態敢這麼做。」

「親愛的剛才非禮白小姐？親愛的看到美女就會忍不住，是我們沒辦法滿足你嗎？」媛受到季珂的力量影響，怨氣突然暴增。

「不是那樣，顧問先生是為了救我，剛才我差一點就被帶走了。」

我感到背脊發涼，季珂知道我們住在哪裡，表示她隨時都可以帶走黛兒或媛其中一人，我要怎麼做才能從地府手中保住她們兩個？

「剛才的事情我感到非常抱歉！」

我丟下公事包，雙膝跪下，五體投地向季珂低頭。

「我是逼不得已才那麼做，如果要責罰，請妳責罰我一個人就好，不要把她們帶走。」

「男兒膝下有黃金，這麼輕易就對人下跪，真難看。」

季珂皺著眉頭，抬起修長的右腿跨到左腿上，居高臨下冷冷地看著我。

「請妳高抬貴手，不管妳有什麼要求，我都會想辦法替妳完成。」

季珂忽然嘆了口氣：「拜託你把頭抬起來，別這樣……我很為難的。」

「欸？」

「下面的命令是絕對的，我不執行長官交付的任務就是失職，會受到處罰，而且……那種處罰不是你能想像的痛苦。看在你為了她們不顧一切向我低頭的份上，我給你七天考慮要讓我帶走誰，七天後我會再過來。」

季珂起身，那雙無瑕的裸足緩步移動，從我們身邊經過。

「媛小姐，剛才的紅茶很好喝。」

季珂輕聲一笑，雪白身影化為一陣煙霧，從門縫中逸出，轉眼間消失無蹤。

「親愛的，究竟發生了什麼事？」

我把前因後果解釋了一遍，媛聽完也覺得很不可思議。

「因為那個一夫一妻制的新法案，所以要帶走我跟黛兒其中一人？」

「我也覺得很不講理，怎麼能硬生生拆散我們和顧問先生……」

我們三個人圍著桌子，家裡的氣氛陷入愁雲慘霧之中。我不敢想像要是她們其中一人被帶走，這個家還有沒有辦法維持現在幸福的模樣。

「鬼差……我第一次見到鬼差呢，沒想到是那麼漂亮的女孩子。」媛突然打破沉默。

「白色的頭髮和雪白的肌膚，真的很美。」黛兒也點頭同意。

「是嗎？我不喜歡那種冷冰冰的樣子，還是妳們可愛多了。」

「化為厲鬼的時候也是嗎？」

「血流滿面的樣子我也愛！」

直到現在，媛還是沒辦法好好地控制怨氣，這也許和她獨自困在不斷輪迴的過去有關。媛很怕生，所以負責家裡的工作。

她們的怨懟值在投胎轉世之前都不會完全變成零，一旦心中沒有了怨，就表示轉世的時間到了。

相較之下，黛兒化為厲鬼的次數就少得多，已經學會與怨氣共存，不被怨氣占據身體。

「顧問先生，鬼差小姐也是鬼嗎？」

我沒辦法回答黛兒的問題，誰知道鬼差能不能算是鬼啊，說不定是神呢。

「我也不知道，大概是介於鬼和神中間的某種存在吧。」

「我們……真的有一個人必須離開顧問先生嗎？」

「放心，我會想辦法，季珂給了我們七天時間，也許月婆知道該怎麼處理。」

「顧問先生……」

「親愛的……」

黛兒與媛從後面抱住我，她們正努力壓抑心中的恐懼，避免讓怨懟值上升。

她們都這麼努力了，我也必須做點什麼才行。

＊＊＊

隔天一早，我立刻到公司向月婆報告昨天晚上的經過，月婆聽完也露出一副不可置信的表情。

「鬼差要來抓人？到底是怎麼回事，我和鬼打交道這麼多年，從來沒有見過鬼差啊。你不會是因為任務失敗才編謊話騙我吧？」

「妳要是不相信，可以親自去廢棄工廠一趟，莊欣已經不在那裡了。公司這麼多年來難道都沒有遇過鬼差抓人的狀況嗎？」

「我這個分部長都沒見過了，你覺得會有嗎？」月婆兩手一攤。

沒想到連月婆也束手無策，我的希望頓時落空。

「難道我只能眼睜睜看著季珂帶走她們其中一人嗎？有沒有什麼厲害的法師能對付鬼差？」

「季珂是誰？」

「昨晚遇見的鬼差自稱季珂。」

「這樣啊……不論她叫什麼名字，鬼差是閻王的差使，沒有人敢跟祂們作對，你不用白費功夫了。既然祂們要抓人，你只能選一個讓她帶走，別想著跟地府對抗，到時說不定連你也被抓下去。」

月婆到茶水間泡了一杯咖啡，拍拍我的肩膀。

「別胡思亂想了，要是因為你反抗地府讓公司的業務受到阻礙，你可是會倒大楣的喔。要開會了，快進會議室吧。」

我昏昏沉沉地開完這天早上的例會，全然沒聽懂月婆說了什麼內容。

到了中午，黛兒提著便當來找我，我們一起到公司頂樓吃飯。

今天的天氣很涼爽，黛兒動人的長髮隨風搖曳，這種以天為蓋的感覺，讓我想起以前還住在那個頂樓破房子的時候。

「要不我們逃到國外去吧，我們一起到歐美那些宗教文化不同的地方躲一段時間，季珂應該追不到那裡。」

「顧問先生，你是認真的嗎？」

「當然是，除了逃走之外，我也想不到其他辦法了。」

「到歐洲去啊，聽起來好浪漫喔，可以到我爸爸的故鄉英國去嗎？」

「哪裡都行，只要是季珂找不到的地方就好了。」

「啊，我雖然是混血兒，可是不會說英文喔，要是遇到英國鬼該怎麼溝通啊？」

黛兒嘻嘻一笑。

「那個問題等我們到了英國落腳後再煩惱也不遲，說起來我們三人雖然冥婚了，卻沒有去度過蜜月呢。」

「因為顧問先生太忙了，而且帶著我們去度蜜月，顧問先生在旁人眼裡不是很奇怪嗎？別人又看不到我們。」

「我才不管別人怎麼看，只要我們能在一起就夠了。」

黛兒露出溫暖的微笑，輕輕靠在我的肩膀上。

「我就是喜歡顧問先生一點都不會在意他人目光的這一點，我和媛明明是鬼，顧問先生卻把我們當成活人看待。」

＊　＊　＊

打定主意後，我向月婆請了長假。

「什麼，你要留職停薪去英國？」月婆對我的決定感到十分訝異。

「我打算帶她們先離開臺灣一陣子避避風頭。」

「帶著鬼去避風頭……虧你能想得到這個方法，但那意味著你永遠不能再踏上這塊土地。」月婆笑了笑：「況且，也沒人能保證鬼差不會追到英國去。」

「但我不能什麼都不做，她只給我七天時間，七天後她就會來帶走她們其中一人。」

月婆嘆了口氣：「你真的很喜歡她們兩個。我知道了，我會簽你的假單，快點去準備吧。我在英國有個熟人，到了那裡可以請他協助你們安頓下來。」

「大恩不言謝，月婆，等這件事結束了，我一定會報答妳。」

「報答……哼，你能用什麼來報答啊。」

「當然是我的身體啊。」

「臭美什麼，誰希罕你的身體……給你幾分顏色就開染坊了啊。」月婆羞紅了臉，把我推開。

「快點回去收拾行李吧，我會聯絡我的朋友。」

當天晚上，我們忙著收拾行李，我訂好了隔天一早飛往英國的機票，凌晨就能離開臺灣。

說是收拾行李，其實也只有我一個人的東西及黛兒的鯊鯊二號，還有兩把從公司借來的紙傘。

據說要帶著鬼漂洋過海，必須把鬼收在紙傘裡面才不會魂飛魄散。

我不知道這個傳說是不是真的，但既然公司的倉庫裡有這種東西，表示有它的用處。

「親愛的，我們真的要去英國嗎？」

「就當去度蜜月吧，妳們什麼都不用擔心，交給我就好。」

「我是擔心你為了我們太勉強自己，我們早就該離開這個世界了，你何必為了我們放棄在臺灣的一切？」媛溫柔的握著我的手。

「我在臺灣也沒有什麼值得留戀的東西，況且我們是出國避風頭，又不是永遠不回來。」

「嗯，既然親愛的都這麼說了，不管是到地球上的哪個角落，我都會跟著你的。」

「這就叫做被鬼跟，對不對？哈哈，顧問先生被我們兩個女鬼牢牢地跟住了。」黛兒笑說。

「我也沒想過會有帶著鬼去逃命的一天，行李整理得差不多了，你們也先去休息吧。養足精神，到了那邊還得努力適應新環境。」

深夜，黛兒和媛各自回房間休息，我躺在床上輾轉難眠。

小時候旅行出發前一晚都會興奮得睡不著，我現在也差不多是那種狀態。白色的鬼差……我作夢也想不到會變成這樣子，到了英國以後該怎麼辦？我的存款夠用嗎，季珂真的無法追到那裡嗎？

太多的疑問在我腦內盤旋，然而還沒抵達英國之前，不管我如何思考都不會得到答案。

我房間的門悄悄地打開了，一道窈窕的身影足不點地地飄進來，房間裡很暗，但我感覺得到是媛。

「妳也睡不著嗎？」我起身開了床邊的燈，微弱的黃光裡，是媛秀麗的臉龐。

「嗯。」

媛坐在我的床邊，輕撫我的臉頰。

「我從來沒搭過飛機……有點緊張。」

媛搔著漂亮的臉蛋，害羞似地笑著：「我是鄉下來的土姑娘，沒出過國，想不到在死後才第一次搭飛機。」

「我也沒搭過幾次飛機，我們是半斤八兩。」

媛輕輕拍著大腿，要我把頭枕在她的腿上。

「我們要離開這裡了……才剛搬過來不久，有點捨不得呢。」我說。

「這樣一來，隔壁的林先生就會清靜一點了吧。」

「他家裡的靈異現象是妳造成的嗎？」我忍不住笑了。

媛微笑搖頭：「雖然不是我，但我猜應該是我和黛兒在這裡，吸引了一些靈魂過來，可能有些靈魂住到林先生家裡去了。」

「我們這次走得太匆忙，要不然真應該送個禮盒去道歉。」我忍不住大笑。

「呵呵，親愛的終於笑了。從昨晚開始一直沒見到你的笑容，讓我很擔心。」

「媛……」

「親愛的……」

媛俯身親吻我，我也忍不住開始撫摸她滑嫩的大腿及豐滿的乳房。

一個長久深遠像是持續了一整個世紀的吻之後，我們彼此都無法控制即將爆發的情欲。我抱著媛滾到床上，粗暴地解開她的睡衣。

「離開這裡之前，再來一次吧。」

「嗯……親愛的，我愛你。」

媛躺在床上，半敞開的胸口乳房若隱若現，極具感官上的誘惑。

「媛……」

我吸吮著甘甜的乳房，當舌頭碰觸到小小挺立的粉紅色山丘時，媛的身體抽動了一下。

「嗯啊……那裡……好癢……」

我貪婪地覬覦著她美好的胴體，沒有多久，媛已經一絲不掛。

昏暗的燈光下，我注視著美麗的她。

「別這樣看我……好害羞……」

媛對於身體被注視還是有些抗拒，這與她生前的經歷有關，但現在的她就像一件精緻的藝術品，我根本無法移開眼睛。

「媛，妳真的好美。」

「被……被你這樣看著，我會……啊啊……我會發情的……」

我趴在媛的身上，與她十指交握，在她耳邊輕聲地說。

「發情又有什麼關係呢，我喜歡看妳發情的樣子。」

比起發瘋，當然是發情比較好。

我親吻媛的頸子，然後是鎖骨，沿著胸口一路親吻到雙腿之間。

冥婚以來，我們幾乎每天都會索求對方的身體，但媛每次都像初體驗一樣害羞。

我把舌頭伸進柔軟的密穴中，舔拭著逐漸溼潤的陰脣內膜，媛不禁繃緊了身體。

「咿嗯嗯……啊嗯……那邊好舒服……」

我知道媛最敏感的地方在哪裡，我把手指伸進神祕的洞穴深處，輕輕按壓她的敏感地帶。

「啊嗯！咕……啊啊啊……哈嗯……」

媛的喘息變得越來越急促，白滑的大腿之間，蜜汁無止盡地流出。

「我要……親愛的，我想要……哈啊……」

「想要什麼？」我笑問。

「嗚……親愛的老是喜歡欺負我。我想要……肉……肉棒……」

媛伸手握住我股間的龐然大物，緩慢地來回搓揉著。

「變得這麼大了……好棒……」

媛主動引導龜頭在陰道的門口輕柔地磨蹭著，沾上淫液的龜頭在燈光下閃閃發亮。

此刻我們就像初生的嬰兒，身上沒有一絲多餘的東西。我們抱著彼此，感受著對方的心跳和呼吸，在激情的時刻，我甚至會忘記她們是已逝之人，因為她們的體溫是那麼的真實。

「啊嗯……下面好癢……我想要親愛的進來，進到我的身體裡。」

我不想讓媛等太久，微微用力把腰身往前一頂，噗滋一聲，堅硬的肉棒進入柔軟的陰道內，媛吐出了魅惑的喘息。

「嗯啊啊……好硬……肉棒好硬，好像要把身體貫穿了。」

我把媛那雙令人垂涎欲滴的美腿扛在肩膀上，她的腰微微懸空，肉棒便一口氣頂到最深處。

「嗚嗯嗯嗯！」

媛發出了甜膩的呻吟，用身體承受著我狂野的衝撞。

「哈啊……好深……肉棒插到最深的地方了……啊嗯嗯……」

緊實的陰道帶來無比強烈的快感，媛柔軟的身體讓我能把插入的角度調整到極限，她的膝蓋甚至碰觸到自己的乳房。

「咿嗯……哈嗯……好激烈，親愛的……親愛的啊啊啊！」

媛忘情地浪叫著，此時我們也管不了會不會把黛兒吵醒了，腦內只剩下忠於本能的交媾行為。

「好舒服，媛……媛的小穴是最棒的。」

「哈啊……親愛的，你的肉棒也是最棒的……啊嗯嗯……」

肉棒在溼漉漉的陰道中瘋狂進出，床鋪因為我們猛烈的動作而像遭遇地震般搖晃，溼答答的水聲讓我們的性愛變得更富含情色的意味。

「好棒，啊啊……好舒服……什麼都無法思考了。」

就算世界在下一刻就要毀滅，我們也不會停止擁抱對方。

肉棒瘋狂地抽插著密穴，噴濺而出的淫水讓我們彼此的股間都溼得像是打翻了茶杯。

「嗚嗯……因為，親愛的讓我太舒服了嘛……平時只要被親愛的碰到身體，就會忍不住想像著現在的畫面。」

「媛，妳好溼。」

誰又能想得到，那個曾經失去了自我的厲鬼，現在會變成這麼可愛的女孩，而且還是我的妻子。

隨著肉體之間的碰撞逐漸加速，快感也瀕臨爆發的極限，媛的長髮凌亂散落在枕頭上，忘情地搖擺著頭部。

「啊嗯……啊啊啊……親愛的，好爽……好舒服……啊啊啊我要去了。」

「我也是……咕嗚，快要射了！」

我把媛的身體壓到幾乎對折，腰部緊貼著她豐腴的臀部，肉棒在陰道的最深處爆出精液。

「嗚啊啊啊，嗯啊啊啊——」

媛的身體產生劇烈的痙攣，高潮持續了幾十秒，她才有辦法放鬆身體。

「哈啊……哈啊……好激烈……精液都滿出陰道了……」

我放下媛的雙腳，躺在她的身邊，還是意猶未盡地吻著她的脣，搓揉著她的乳房。

「親愛的真的很喜歡胸部呢。」

「大概是還沒斷奶的關係，雖然貧乳也不錯，但還是巨乳最棒了！」

媛噗哧一笑，深情地望著我的眼睛。

「如果，能幫你生個寶寶該有多好。」

「別去想那些事情。」

我立刻打斷媛，不讓她繼續說下去。

我們三人的生活幸福美滿，和一般人沒什麼兩樣，但唯獨有一點她們是絕對做不到的，我們都心知肚明。

雖說日本的怪談裡有女鬼懷孕的故事，但那畢竟只是傳說，真正女鬼懷孕的案例我一個都沒有見過。

我們密集的性愛也從未使用過保險套一類的防護措施，她們也沒出現過任何懷孕的跡象，因此我想女鬼應該是無法懷孕的。

「只要能跟妳和黛兒在一起就夠了，不用奢求更多。」

「嗯。」

媛依偎在我的胸口，緩緩闔上眼睛，我欣賞著她纖長的睫毛。

沒多久之後，我設定的鬧鐘響了，該是出發的時候了。

我和媛換好衣服，叫醒黛兒，然後鎖好門窗，提著行李箱下樓。

昏昏欲睡的黛兒搖搖晃晃地跟在我們身後，不停地打著哈欠。

「幾點了……呼啊……好想睡喔……」

「上飛機之後妳想睡多久就睡多久，我叫的車已經到了，我們上車吧。」

司機大哥替我把行李搬上車，他理所當然看不見站在我身旁的黛兒和媛。

「行李一件沒錯吧？那我們就出發了。」

「麻煩你了，司機大哥。」

我點點頭，然後坐進車裡，司機大哥轉動車鑰匙，車子卻怎麼也發不動。

「奇怪，怎麼突然發不起來？」

我心裡頓時涼了一半，這不就是鬼片裡最常發生的情節嗎？有鬼出現的時候車子會突然熄火，不然就是完全發不動。

「喂，不是妳們兩個弄的吧？」我低聲問她們。

黛兒和媛都猛搖頭，她們什麼事情也沒做。

「抱歉啊，等我一下，車子好像出了點問題。」

司機大哥繼續發動車子，好不容易終於聽見引擎啟動的聲音。我鬆了口氣，應該真的只是機械故障而已。

車燈點亮的瞬間，我的呼吸停止了。

優雅的白色身影站在汽車前方，那張美麗的臉龐上咧開了一道腥紅的笑容。

「哇啊啊！那是什麼？」

司機大哥也看見了站在車前的白色身影，一時愣住了。但他下車察看後，車子前方並沒有站人。

「司機大哥，我們快點出發吧。」

我催促著司機大哥，季珂已經發現我們了，不快點逃就來不及了。

「你沒看見嗎？剛才車子前面有一塊白色的東西……」

「我沒看見，一定是你看錯了。」

我故做鎮定，司機大哥半信半疑，踩下油門的瞬間車子又熄火了。

「怪了，我跑車這麼多年，從沒遇過這種怪事。客人，你等我一下，我請公司派另一輛車來。」

遲遲無法出發讓我心急如焚，我耳邊突然傳來一道低沉冰冷的聲音。

「是嗎？裝作看不見我啊……嘻嘻。」

季珂出現在車窗旁邊，緊貼著車窗露出血紅的笑容，嘴邊的傷口咧開直到耳際，臉上也遍布著斑駁的撕裂傷和血痕。因為那張臉實在太可怕，黛兒和媛都緊閉著眼睛，不敢看向窗外。

「這麼晚了，你們要去哪裡？」

「七天的期限還沒到，想去哪裡是我們的自由吧？」

「不管你們想逃到哪裡，都是沒有用的。七天後，我一定會帶走她們其中一人，別想違抗地府的法律。」

季珂的身影突然消失，抓著我手臂的黛兒和媛身體都在發抖，我試著安慰她們。

「她離開了，沒事了。」

「剛才她的樣子……好可怕。」黛兒嚇得都快哭了。

「親愛的，我感應到了好強大的怨氣。」

「嗯，我也感覺到了。她的那個樣子哪是什麼鬼差，根本是厲鬼。」

不論季珂是什麼，我親眼看著她把莊欣抓走，我不能冒任何風險。

司機大哥遲遲沒有回到車上，我下車才發現他倒在路邊，瞪大眼睛望著天空。

「鬼……有鬼……有鬼……」

「司機大哥，醒醒，那是你看錯了。」

司機大哥看了我一眼，神情極度驚恐，忽然間昏倒了。

我重重地嘆了口氣，現在這種情況下又不能放著他不管，只能先叫救護車。

等到救護車載走司機大哥，我打算開自己的車趕到機場，但我不管怎麼樣都找不到鑰匙。

原本放在口袋裡的鑰匙憑空消失了。

我望著逐漸轉變成魚肚白的天空，一股沉重的無力感充斥著我的內心。

起飛的時間是清晨五點半，我們就算現在趕到機場也來不及上飛機。

別想和地府作對，季珂說過的話在我腦中迴盪不去。

「可惡！」

我用力踢飛路邊的空罐，對無能的自己感到氣憤。

「顧問先生……我們再想其他的辦法，好嗎？」

黛兒溫柔地安慰我，明明她們才應該是最感到恐懼的人，卻對我強顏歡笑。

「親愛的，你的手機在震動。」

經媛提醒我才發現有人打電話給我，拿起手機一看竟然是月婆。

「現在還沒六點，月婆這麼早打來做什麼？」

電話一接通就聽見月婆急促的聲音：「你上飛機了沒？」

「沒有，剛才鬼差出現了，而且嚇昏了租車的司機，讓我們沒辦法出發。」

「這樣正好，你快到公司來一趟。我找到一份舊資料，裡面有個女孩叫白季珂！」

第三章　轉機

一個小時之後我人已經在公司的會議室裡了。現在距離上班時間還早，辦公室裡空蕩蕩的，除了我和月婆以外沒有其他人在。

月婆昨天聽我說完鬼差的事後，季珂這個名字一直在她腦海中揮之不去。回到家後又忍不住跑回公司，一整晚都在翻找資料。

現在放在桌上的舊資料就是白季珂的檔案，這份資料已經封存了十年以上，被列為不會再使用到的資料。

「我就覺得好像在哪裡看過這個名字，那個鬼差自稱季珂沒錯吧？」

雖然我不曉得季珂兩個字怎麼寫，但我記得媛說過她是白小姐，姓氏也對得上。

「公司裡有她的資料，表示她曾經是公司的客戶？」

「……你知道我在哪裡找到這份資料嗎？」

「不是封存的檔案櫃嗎？」

「封存的資料很多，我是在『失敗案例』的檔案櫃裡找到的。」

「失敗案例……也對，如果她冥婚配對成功，又怎麼會變成鬼差出現在我們面前。」

「那也是我進公司以前的事情，只有看檔案才知道了。」

在我們面前現身的美少女鬼差，原本也是活生生的人，我再次意識到了這一點。

我和月婆開始翻閱資料，這份資料的主人名叫白季珂。

死亡時未滿二十歲，死亡日期則約在十三年前。

死因是，自殺。

委託者是白季珂的母親，關於死者的事情她並沒有多說。

公司接下這個案子後，派出幾位交涉能力極強的前輩，展開了持續長達半年的交涉，仍然無功而返，依舊無法淨化白季珂的怨氣。

資料最後記錄了有一位前輩因此出現精神異常的狀況，無法繼續這份工作。

「鬼差原本是厲鬼……難怪凌晨時她出現在我們面前是那副模樣。但厲鬼不會無緣無故產生，若不是生前遭遇了非常殘酷的事情，不會讓人死後留下那麼大的怨氣。」

「你說得沒錯，龐大的怨氣會讓鬼魂變化成厲，也就是一般人認知的厲鬼。厲鬼非常危險，強烈的怨氣會形成詛咒，使生者受到傷害。」

「黛兒和媛生前都遭遇了常人難以想像的殘忍對待，所以才會變成厲鬼，白季珂也是這樣嗎？」

「八九不離十了吧，廢棄工廠的莊欣不也是這樣嗎？」

「但是月婆，我們經手的案子有很多比這更慘，黛兒和媛一開始也是難以收服的厲鬼，都讓我淨化怨氣了，為什麼白季珂的案子會失敗？」

「你可能不知道，在你進公司以前，有很長一段時間公司不接厲鬼的案子。」

「為什麼？」

「因為以前發生過前輩遭厲鬼咒殺的案例，為了保護員工的生命安全，我們不接厲鬼的案子。」

「那後來為什麼又開始接了？」

「因為營業額下滑得很嚴重，加上很多搞傳統冥婚的在搞破壞，只好重新接案。」

我曾聽說過有一些不肖的冥婚業者為了搶生意，會去墓地盜掘年輕死者的屍體，甚至還有從國外走私屍體進來的傳聞。

對家屬來說，死者的靈魂碰不到也摸不著，舉辦儀式只是為了讓在世的家屬安心，至於冥婚的靈魂是否適合，不在他們的考慮範圍內。

「我們以前不是也處理過想要離婚的案子嗎？被強迫冥婚的女鬼跑來找我們哭訴，要我們去談離婚。傳統冥婚的缺點就是這樣，只求在世者安心而已，從沒有問過死者的意願。」

「月婆，厲鬼的成因我們都知道，她又怎麼會變成鬼差？」

「我哪知道啊，這種事情去問她本人啊。」月婆兩手一攤。

「有道理……是該去問問她本人。」

「你逃都來不及了，還想去問她？」月婆忍不住笑了。

「不，我改變想法了。因為我見識過白季珂那可怕的樣子，她的怨氣並沒有消失，既然她是以前公司的前輩無法淨化的個案，那麼也算是我這個後輩的責任吧。」

「你想怎麼做？」

「既然逃不了，那就正面迎戰。」

「你要挑戰鬼差？別開玩笑了，一個弄不好連你自己的小命都沒了怎麼辦？」

「如果是這樣，我就和黛兒與媛一起下地獄去見閻王抗議吧。」

月婆根本不敢相信她聽見了什麼，睜大眼睛呆滯了幾秒鐘才長長吐出一口氣。

「該說你膽子大呢，還是腦袋有問題？」

「正確來說，我下面的尺寸還滿大的。」

「這點我同意……喂，騙我說什麼相聲段子啊！我又不是搞笑藝人。」

月婆紅著臉用力打了我幾下，「你是公司最優秀的員工，我可不希望你出事。」

「是捨不得我的肉棒吧。」

「你再性騷擾我，我就報警抓你。」

「還不知道誰性騷擾誰呢，妳這飢渴的野獸。」

月婆氣得拔下高跟鞋想要揍我，我笑著跑出辦公室，抬頭看見蔚藍的天空，心情豁然開朗。

「好，我決定了，冥婚交友中心的顧問不跑也不逃，我要正面迎戰鬼差還有地府那條不合理的法律！」

＊＊＊

回到家裡，一開門就看到黛兒憂心忡忡地過來迎接我。

「怎麼樣了，月婆說了什麼？」

「白季珂原本是公司處理過的案子，但是淨化失敗，檔案被封存起來。」

「這麼說……她和我們一樣都曾經是厲鬼囉？」

「不是曾經，她現在依然是厲鬼，只是不知道為什麼厲鬼會變成鬼差就是了。」

媛遞給我一條熱毛巾讓我擦臉，在我身旁坐下。

「親愛的，你有辦法了嗎？」

「嗯，我打算把白季珂的祕密挖出來，然後淨化她的怨氣。」

聽到我的想法，兩人也和月婆一樣掩不住驚訝的神色。

黛兒嘟著嘴：「等一下，你該不會是看她長得漂亮，所以想要對她這樣那樣吧？」

「想淨化怨氣，做愛是最快的方法啊，但也得對方同意才行吧，當初妳們不也都是在同意的情況下跟我做愛嗎？」

「是這樣沒錯啦……可是顧問先生都有我們了，還想要花心……」

「黛兒，親愛的是為了救我們，如果只剩下這個辦法，我們也必須支持他才行。」

「唔嗯……說得也是，我也不想和你們分開，那我也會盡力協助顧問先生，就像攻破媛心防那時候一樣。」

「這次還有我協助，一定能更快攻陷白季珂。」媛露出豔麗的笑容，讓我突然產生了無比的信心。

淨化白季珂的怨氣，首先得見到她才行。但我們等到深夜，她都沒有現身。

「不想見到她的時候就突然出現，想找她的時候又偏偏不出來，妳們鬼怎麼這麼麻煩。」

「那時候我可是一直待在房裡，哪裡都沒有去喔。」媛笑說。

「我也是啊，顧問先生來的時候我都在，又沒有亂跑。」

「但是我能感覺到她的氣息，季珂一定在看不見的地方盯著我們。」

媛環視了家裡一圈，雖然看不見，但她此刻一定在躲在某處。如果季珂不是時時刻刻監視我們，又怎麼會知道我們打算離開臺灣。

我思考著該如何逼她現身，忽然想到了一個好主意。

「黛兒，媛，過來一下，我有個好方法。」

我在她們兩人耳邊低聲說了我的計畫，黛兒摀著嘴巴，俏臉飛紅。

「真、真的要這麼做嗎？很……害羞耶。」

「這跟我們平常在家裡做的事沒什麼兩樣啊。」我說。

「可是……知道有人在旁邊看……不是很奇怪嗎？」

我拍拍大腿，要黛兒坐上來。黛兒看了看周圍，發出了「嗚」的聲音，嬌羞不已的樣子看上去比平常更可愛。

黛兒坐在我的腿上，我立刻嗅到她身上誘人的香氣，我笑嘻嘻地在她臉頰親了一口。

「嗚——真的害羞到不行耶，在別人面前親……親熱我辦不到啦。」

「哪有別人，只有我和媛在家裡啊。」

「黛兒平常最喜歡跟親愛的撒嬌，只要跟平常一樣就行了。」

黛兒低著頭，深吸一口氣，把頭側到一邊，露出白皙的玉頸。

「那……我想要顧問先生親我的脖子。」

我吻上黛兒滑嫩的肌膚，從她的下顎吻到鎖骨，黛兒微微掙扎了一下。

「哈啊……好癢喔，好像有蟲在爬。」滿臉通紅的黛兒似乎克服了羞恥心，讓我解開她胸前的鈕釦，讓形狀美好的乳房半露出來。

「黛兒的內衣好可愛，是蕾絲花邊的。」媛笑說。

說到這個內衣，我沒想到紙紮的內衣比百貨公司裡賣的真人內衣還貴。以後如果不幹冥婚顧問這行，我打算去開一間專賣紙紮品的公司，一定可以大發利市。

「媛的內衣也很可愛啊……深色系的，又很性感，有種成熟大人的感覺。」

「那，親愛的想看我今天穿什麼內衣嗎？」

媛雙手伸到頸後，把洋裝的繫帶解開，像是在誘惑我似地慢慢褪下洋裝，紫色的內衣乘載著與黛兒不相上下的豐滿巨乳。

輕解羅衫的黛兒與半裸的媛，兩位美少女在我面前展現了她們最誘人的一面。

我現在才發現，原來我們的生活一直都是酒池肉林的狀態。

媛大膽地把我的臉埋進她乳香四溢的胸口，她無比的包容力讓我有種重回母親懷抱的錯覺。

「親愛的，今天晚上我們可以任憑你擺布喔，你想要怎麼玩呢？」

就在此時，掛在牆上的畫突然掉落，發出砰的巨響。

我忍不住微笑，這表示我的計謀發揮作用了。

黛兒嚇了一跳，輕拍著胸口：「好可怕喔，畫怎麼會突然掉下來……是靈異現象嗎？」

「可以麻煩妳這個靈異本人不要被靈異現象嚇到嗎？」

「突然發出那麼大的聲音誰都會嚇到啊，又不是我的錯……」

黛兒嘟著嘴不依，我突然感到好奇，電影裡常出現的外國猛鬼豪宅，裡頭通常不止住一隻鬼，那麼其他的鬼會不會被某一隻鬼弄出來的靈異現象嚇到呢？

我又親了黛兒的嘴，房間的門被狠狠打開又關上；伸手摸了媛的胸部，廚房的水龍頭突然被打開。

白季珂就在我們家裡，而且現在她因為我和黛兒她們親熱感到非常不滿。

黛兒也開始覺得有趣，主動抱住我，輕輕咬著耳垂。

「顧問先生，你忙了一天，我們一起去洗澡吧。」

「親愛的，我可以用身體幫你擦澡喔，順便幫你把下面洗乾淨。」

黛兒和媛你一言我一語，脫口而出的全是極具挑逗性的話語，屋內一時出現了各種靈異現象。

「我忍不住了，就在這裡做吧。」

我在沙發上撲倒黛兒，她發出如鈴聲般的嬌笑。

「呀——要被顧問先生吃掉了。」

「等一下！」

季珂氣喘吁吁地出現在我們面前，臉紅得像熟透的番茄，指著我的鼻子破口大罵。

「你你你你你你你不知羞恥！」

「我在我家跟我的老婆們親熱，有什麼問題嗎？」

「你們明知道我也在，為什麼還能做……做出這麼羞恥的事！」

「明知道被人看著還繼續親熱，其實滿刺激的呢。」媛笑說。

「你們都不會覺得丟臉嗎？男……男女授受不親啊！」

「但她們是我的老婆，就算是地府也沒規定不能跟老婆親熱吧，妳看了會害羞，妳可以不要看啊。」

「嗚……油腔滑調的傢伙，給我記住，還有六天，我一定會把地府的命令貫徹到底。」

「喂，等一下，我有事要問妳！」

我還來不及開口探詢她的過去，季珂就消失了，既然如此，我們只能繼續親熱，讓她忍無可忍，再度現身。

＊＊＊

「顧問先生，真的要在這裡嗎……這裡是公園耶。」

我和黛兒在狹窄的公廁內火熱擁吻，為了再度把季珂引出來，我和黛兒出來約會，買了一些她喜歡的供品，還有幾套新衣服。回程的路上找了一間乾淨的公廁，躲到裡頭當傳說中的四腳獸。

「我們在這裡做……會、會被別人看見的啦……」

「別人又看不見妳，只有季珂看得見，放心吧。」

黛兒已經被我脫得衣衫不整，嬌喘連連，我扛起她的大腿，把鼓脹的肉棒塞進早已洪水氾濫的陰道內。

「嗚嗯嗯！第一次在這種地方……啊嗯……好、好刺激啊。」

「已經這麼淫了，妳該不會剛才逛街的時候就淫了吧？」

「哪有……是剛才顧問先生把我拉進公廁的時候啦……你那麼猴急，我知道一定是要做這檔事嘛……」

我把黛兒小巧可愛的乳頭含進嘴裡，用舌頭逗弄，來回的刺激讓乳頭瞬間勃起。

「妳的身體也興奮起來了，妳看乳頭站得這麼高。」

「嗚……別說那種話，人家真的很害羞啊……」

黛兒飽滿緊實的肉穴持續分泌出溫暖的蜜汁，蜜肉吸附著肉棒，源源不絕的快感從龜頭前端傳來，直達全身。

「啊嗯……好舒服……顧問先生的肉棒，插到好深的地方……嗚嗯……」

「呀啊……堅硬的肉棒……親吻到……子宮了……」

黛兒一陣痙攣，陰道縮得更緊，我也忍不住吐出苦悶的喘息。

「黛兒，好緊……明明很柔軟，卻牢牢地纏住我的小兄弟……」

「請、請再動起來……這種感覺……舒服得不得了，我還想要……」

黛兒的口水滴到雪白的美乳上，強烈的快感使她有些口齒不清。

「哈啊……口水都流出來惹……好爽……肉棒的感覺好爽……」

陰道深處的觸感像是一泓溫暖的熱泉，豐厚的蜜肉將我推開，又瞬間吸回去。

「嗯……哈……更深一點……頂到我的極限……哈啊……」

黛兒的眼睛變得朦朧，嘴裡吐著芬芳的呢喃。

「顧問……先生……啊啊……」

「小穴要被撬開了……嗚嗯……被顧問先生的肉棒頂到最裡面了！」

「黛兒……黛兒！」

在人來人往的公園公廁做愛，反覆著抽插苟合的動作，完全無視道德禮俗帶來的異樣快感，讓我們的欲望無窮盡的膨脹。

「顧問先生……哈啊……人家快要高潮了……」

「我可還沒滿足呢。」

我把黛兒的腿扛得更高了一些，猛力地衝刺柔嫩的密穴，黛兒舒服地吐出了舌頭。

「哈咿……好厲害……子宮的大門都要被……撞開了……顧問先生的肉棒……真的好厲害啊……」

一想到季珂一定躲在某處偷看我們激情的模樣吧，我便忍不住更努力衝刺。

只有我們聽得見的肉體撞擊聲在公廁內迴盪著，外面有進來上廁所的民眾，卻全然沒發現我們在這裡交媾。

「哈啊……我……我又要去了！」

黛兒即將迎來第二次的高潮，我也差不多到了極限，在黛兒的身體裡盡情地射精。

「哈呼……哈……下面被顧問先生弄得黏糊糊的……」

「我們回去洗澡吧，那個鬼差不知道躲在哪裡偷看呢。」我笑著親了親黛兒的臉頰。

到了晚上，則是屬於我和媛的時間。

我們在陽臺擺了一張茶几，準備上好的紅酒，一邊欣賞城市的夜景，一邊享用美酒。

城市璀璨的夜景使人心醉神迷，明明只是要做做樣子騙季珂現身，我們卻也沉浸在浪漫的氣氛裡。

「當初選擇租下這裡，就是因為能俯瞰城市，沒想到在陽臺喝酒這麼浪漫。」

「我不習慣出門，所以親愛的為我選了一間待在家裡也能看風景的房子，我真的很喜歡這裡。」

「妳喜歡現在的生活嗎？」

「幸福得像是在作夢似的，如果這是個夢，我希望永遠都不要醒來。」

「這不是夢，而是我們真實擁有的生活。」

媛喝了幾杯酒，臉蛋也變得紅撲撲的，伸手拉住我的領子，跨過茶几與我親吻。媛平常在床上算是主動的類型，但由她主動吻我就有點少見了。

浪漫的法式深吻持續了好幾分鐘，當我們分開時，讓我感到腦內缺氧。

媛摸著自己水潤的雙唇，有點害羞地說：「電視劇裡面常常這樣，我也想要試試看。」

媛獨自在家的時候喜歡追劇，學著劇中的女主角來了個戲劇性的親吻。

在酒精的烘托之下，我覺得媛實在是可愛極了，比偶像劇中的美女演員更可愛一百倍。我抱住媛，恣意撫摸她的腰和臀部。

「親愛的……」

「在這裡做吧，我忍不住了。」

「只要是親愛的想要，不管在哪裡都可以。」

媛替我解開褲子的拉鍊，掏出肉棒放入嘴裡，以熟練的動作舔拭腫脹的龜頭。

「嘻，親愛的真是猴急，已經變得這麼大了。」

「美人加上美酒，我怎麼可能忍得住。」

「我喜歡聽親愛的稱讚我，那樣會讓我感覺到我不是個一無是處的人。」

「只要妳喜歡，要我說多少次都沒問題。」

媛含著肉棒，溼潤的口腔裡，舌頭靈活地滑動著。

「吸嚕……啾嚕嚕……這樣舒服嗎？」

「超級舒服，媛的口技太厲害，才剛被含住而已就感覺要射了。」

「還不能射精喔，才剛開始而已。」

媛向我俏皮地眨了眨眼，接著從低下頭含住陰囊，舌尖滑過陰囊的皺褶，我的下體突然一緊。

「哈……媛……」

「這裡也好熱，皮全都皺在一起了呢。」

「因為那裡被舔實在太舒服了……咕嗚……」

「你的反應真可愛，讓我想更努力侍奉你了。」

媛那雙修長美麗的手掌正托著我的蛋蛋，緩慢地揉捏著，下體隨即傳來陣陣酸麻的觸感，讓我快要站不住腳。

「親愛的想看我的胸部嗎？」

我像白痴一樣猛點頭，逗得媛微笑不止。她單手拉開洋裝的前領，露出白玉般的雪乳。

「這就是親愛的最喜歡的胸部喔，親愛的想要我怎麼做呢？」

「我想揉……也想插……」

「那……從後面來嗎？」

媛雙手扶著陽臺的護欄，背對著我，烏黑的長髮凌亂地披在肩膀上。

「親愛的，快來，別讓我等那麼久。」

我掀起媛的裙襬，今天她穿的是性感的黑色底褲及吊帶絲襪，筆直的美腿加上黑絲襪，破壞力堪比核彈，能瞬間摧毀我的理智。

我把脹得彷彿快要破裂的肉棒放進媛的陰道，慢慢地推開蜜肉。媛猛的深吸了一口氣並仰起頭，長髮在空中飛舞。

「嗯啊……啊！一插進來……就……就快高潮了……啊啊……」

我的股間緊貼著媛的臀部，雙手則伸到前方揉捏那對豐盈的美乳。

「咿嗯嗯，插得好深……嗯嗯……」

媛緊抓著護欄，任憑我在後方撞擊她的臀部。

「啊啊……好厲害……親愛的……好舒服啊……」

「再用力一點，哈啊……讓我滿足……啊嗯……」

我奮力地推送著腰部，媛現在的表情一定非常誘人吧，發出了宛如乳貓般的嬌嗔。

蜜肉緊貼著肉棒，肉腔內的形狀隨著肉棒進出而產生變化，媛側著頭，眼神充滿了渴求。

「好舒服……啊嗯……讓我高潮……」

「我會努力讓媛抵達頂點的。」

我將肉棒抽出一半，再用力頂進深處，媛也跟著發出了浪叫和悲鳴。

「咿啊……哈……這樣太、太刺激了……啊啊啊……好猛，親愛的讓我快要不行了……」

一陣狂野的抽送後，我放慢速度，將注意力集中到媛的乳房上面。

我用手指輕輕逗弄小巧可愛的乳頭，媛卻緊咬著貝齒，發出愉悅的喘息。

「不行……啊啊……剛才那麼激烈後，又去逗弄乳頭……咿咿……好癢……」

「明明這麼有分量，沉甸甸的，卻柔軟得不可思議。」

「啊啊……胸部……一直傳來好強烈的快感，啊嗯嗯……」

我感覺得到媛的雙腿間噴出了泉水，僅僅是玩弄她的乳房就讓她高潮去了一次。

接下來該把重點回歸到密穴了，我抓住媛的腰使勁推送。

啪啪啪，啪啪啪，陽臺響起了激烈的肉聲。

「啊嗯……啊啊啊！好猛，肉棒好有精神……啊啊……再用力一點……」

快感以難以想像的速度堆疊至最高點，我們感受著對方的身體，在同一個時刻抵達高潮。

「嗚嗯嗯嗯！親愛的——啊啊啊啊啊啊啊！」

「媛！」

我用力一挺，在媛的體內噗嚕嚕地射出精液。媛踮起腳尖，渾身發抖，吐出舌頭，大口大口地喘著氣。

「哈啊……哈……好舒服，在陽臺做愛……也別有一番情趣……」

我也喘個不停，隔壁的林先生突然打開陽臺，跟我打了個招呼。

「我一直聽見拍打的聲音，你剛才在打蚊子嗎？」

我嚇出一身冷汗，幸好我光溜溜的下體被陽臺的護欄擋住了。從他的角度看來，我只是站在陽臺看夜景而已。

而他聽見的拍打聲，應該是我的下體撞擊媛臀部的聲音。

「是啊，晚上蚊子很多，應該去買蚊香才對。」

「我家有啊，我拿一片給你。」

「不、不用麻煩了。」

林先生又跟我閒聊幾句，便回到家裡，我鬆了口氣後和媛都忍不住笑了。

「幸好他看不見妳，否則我們可能會被他告妨礙風化。」

「可是剛才真的好舒服……我都快要升天了，不知道『她』有沒有在看呢？」

我都差點忘了是為了引季珂現身，我們才大膽地在陽臺做愛。正當我這麼想時，背後忽然感受到一股凜冽的寒氣。

季珂終於現身了，而且怨氣騰騰地怒視著我們。

「我……真的受夠了，每天每天……無時無刻都在做那種事，你們也考慮一下我的感受呀！」

「我們又看不見妳，誰知道妳在不在啊？」我面向白季珂，這次一定要和她正面對決。

「咿啊啊啊啊啊！把褲子穿起來，死變態！」

「我都忘了還沒穿褲子，哈哈。」

「還敢笑，居然在我面前露出那個髒東西，真是不知羞恥。」季珂雙手遮臉，直到我穿好褲子才敢放下來。

「我我我我我警告你們，我可不是在開玩笑，七天期限一到，我真的會帶走一個人喔。你最好安分一點，不要再做那些丟人現眼的事情了。竟然在陽臺和公廁做……做……那檔事，你的腦袋裡面裝的到底都是些什麼東西啊！」

「色情吧，還有我對她們的愛。」

「親愛的……嘻嘻，好高興。」媛依偎在我身邊，甜蜜的模樣讓季珂怨氣再度暴增，模樣變成像是攔車時那種可怕的樣子。

「太過分了……為什麼你們要故意在我面前晒恩愛，單身狗錯了嗎……」

「季珂，我建議妳看一下現在自己的樣子。」

「我……自己的樣子？」

季珂似乎沒有意識到自身怨氣暴漲的事實。媛跑進房裡拿了一面她平常使用的，可以照得出鬼的鏡子。

季珂怔怔地看著鏡中那個血流滿面的女鬼，啞口無言，過了好久才吐出一句話。

「這是我……現在的樣子？」

「妳不知道嗎？那天妳來攔車時就是這副模樣了。妳的怨懟值遠遠超過厲鬼的標準，以我的經驗，這麼高的怨懟值會讓鬼魂失控，為什麼妳還能保持原來的模樣？」

「我不知道……我根本不知道我生氣的時候會變成這麼可怕的樣子。」

「妳究竟是厲鬼，還是鬼差？」

季珂忽然雙腿一軟，跪在地上，猛烈大叫了一聲。

「我不知道！我什麼都不記得了！」

陽臺的落地窗應聲迸出一條裂痕，燈光也閃爍不停，持續了數十秒才恢復正常。

「我是鬼差……不是厲鬼！我是鬼差……啊啊啊啊！」

季珂猛抓自己的臉，怵目驚心的傷口被她扯開，殷紅的血滴落地面。

媛把頭轉開，不忍看如此血淋淋的畫面。

季珂的吼叫引發了巨大的怨氣波動，已經睡著的黛兒也被這股驚人的怨氣驚醒，跑到陽臺來。

「咦……這不是季珂小姐嗎？顧問先生，剛才發生什麼事了？」

我搖搖頭，要黛兒與媛先回到房間裡避一避，我不確定這麼強烈的怨氣會不會對她們造成影響。

「親愛的，你要小心一點。」

「放心吧，怨氣對我沒有影響，否則我早就被妳們咒死了。」

季珂痛苦地自殘了好一陣子之後，雙手終於停下，她的臉被自己撕得破破爛爛，已經看不出是一張人臉的樣子了。

「我的頭……好痛……為什麼我什麼都想不起來，我……我為什麼會變成這種醜陋的模樣？」

季珂血紅的雙眼突然露出凶光，衝過來扼住我的脖子，將我高高舉起，並瘋狂大吼。

「為什麼！為什麼！為什麼！為什麼我會是這個樣子？你告訴我啊！」

「冷靜一點，我可以幫妳，但是妳得告訴我在妳身上發生了什麼事。」

「我不知道……啊啊啊……為什麼我什麼都想不起來……嗚啊啊啊！」

季珂徹底失控了，扼住我脖子的雙手像鐵鉗一樣，不論我怎麼用力都無法扳開。

「都是你害的……是你害我變成這可怕的模樣……遇見你以後，我的步調就一直被你打亂……都是你害的！」

季珂鬆開雙手，我一屁股摔在地上，咳個不停。

「明明就是妳自己上門來找麻煩……我沒事招惹鬼差幹麼。」

我想要跟她講道理，但厲鬼是不講道理的。季珂緩緩抱住我的肩膀，血肉模糊的臉龐緊貼著我的臉。

一道充滿邪氣的聲音鑽入我的耳朵。

「對了，只要把你除掉就行了……我就能恢復正常……啊哈哈哈，我要咒殺你。」

季珂鑽進我的身體，也就是所謂的附身。我像是被大卡車碾過似的，四肢百骸產生劇烈的疼痛。

季珂的聲音在我腦中響起：「去死吧……哈哈哈……我要讓你痛苦一整晚而死……這樣一來，就不會有人妨礙我了。」

我無法控制自己的身體，宛如癲癇發作般倒在地上抽搐發抖，黛兒和媛見狀連忙來到陽臺。

「顧問先生的臉變得好白……怎麼會這樣？」

「季珂附身在他身上了，這樣下去，親愛的會死掉的。」

兩人手忙腳亂地把我搬到床上，季珂的怨氣正從內部侵蝕我的身體，我的意識開始恍惚，眼前也變得模糊不清。

「顧問先生……顧問……顧……」

黛兒的聲音越來越遠了，什麼都看不見，眼前一片漆黑。

我在黑暗中橫衝直撞，不論我多麼努力狂奔也感覺不到自己在前進。

這大概是我成為冥婚交友中心的顧問以來碰上的最大危機，月婆說以前曾經有前輩遭厲鬼咒殺，或許就是這種狀況吧。

現在躺在床上的我應該陷入昏迷了，而我的意識則被困在這個奇怪的空間裡。

我的生命力正在持續流逝，再不想辦法醒過來，或許真的撐不到天亮。

但我現在無計可施，像是獨自被困在黑暗的宇宙，只能等待黛兒她們能為我做些什麼。

「顧問——」

「親愛的——」

突然間，我又聽得見黛兒她們呼喚我的聲音了，腳底下也有踩著實地的感覺。前方出現了一道光亮，那也許是出口，我立刻朝著光跑過去。

光芒所在之處，我看到了一個正在哭泣的女孩。她身穿染血的白衣，雙手揉著眼睛，止不住地嗚咽。

「季珂……是妳嗎？」

嗚嗚……嗚嗚嗚……

我耳邊響起了陰沉的鬼哭，白衣女孩抬起頭的瞬間，我看見了她的臉。雪白素淨的肌膚，端正姣好的五官，正如同我第一次見到她時那樣。

「我……我到底是誰？」

下個瞬間，季珂從我眼前消失，我慢慢睜開眼睛，發現一對巨乳在我眼前上下搖晃。

「啊嗯……啊啊……好硬……顧問先生，快點醒來啊……」

一絲不掛的黛兒坐在我身上搖晃著，媛也在一旁親吻我的身體。

「好舒服……嗚嗯……哈啊……顧問先生都昏倒了，肉棒還能這麼硬……」

「黛兒……妳在做什麼？」

「當然是做……做愛啊……顧問先生醒了！」

黛兒驚喜萬分，趴下身體，雙乳頂著我的胸膛，不顧一切地吻我。

「太好了，我還以為你會死掉……嗚嗚……」

「這麼舒服的狀況，我是到了天堂嗎？」

「嗯……哈嗯……因為我們想要把季珂小姐從你的身體裡逼出來，只想得到這種方式……哈啊……」

黛兒突然激烈地扭動腰身，昂首大叫：「啊啊……不行……要去了……咿咿咿！」

密穴與肉棒的接合處噴出了清澈的泉水，我忽然感覺到手指恢復了知覺，身體也沒有剛才那麼痛了。

「親愛的，妳和黛兒在忙，可是也不能把我晾在一邊啊。」

媛把一根生殖器形狀的玩具交到我手裡，我記得那是從公司帶回來的情趣法器之一，名為「高潮金剛杵」，附帶多段扭動與震動機能，只要一杵在手就能讓女鬼高潮連連。

高潮金剛杵插入媛的陰道，按下按鈕後，媛的身體隨即開始震動扭曲。

「嗯啊啊……在裡面動起來了……好、好厲害……」

媛捧起自己的左乳，伸出舌頭舔著乳頭，雙腿之間則傳來高潮金剛杵運轉的聲音。媛忍不住吐著舌頭，呼出陣陣熱氣。

「咿咿……跟肉棒的感覺完全不一樣，為什麼……可以這麼……舒服啊……」

「媛小姐的樣子好色情喔……」

「黛兒還不是一樣，剛才已經高潮過一次了吧？」

「可、可是顧問先生還沒射啊，我不能只顧著自己舒服，也要讓顧問先生舒服才行。」

我的知覺逐漸恢復，下體的快感也開始傳遞到神經中樞，這表示季珂的影響正在減弱。

我一手扶住黛兒的腰，將下體用力往上頂，另一邊則讓情趣法具更加深入媛的密穴。

「嗚啊啊啊！突然……突然那麼激烈……人家又要高潮了！」

黛兒和媛抵達絕頂的瞬間，季珂從我的身體裡彈了出來，摔在床邊的地板上，似乎昏過去了。

仔細想想，我應該是第一個用做愛來逼退附身厲鬼的人吧。

季珂的鐵鍊也掉在地上，我心生一計，如果用鬼差的勾魂索把鬼差綁起來不知道有沒有效果。

我一握住鐵鍊就有種力氣被吸走的感覺，連忙在沒力之前把季珂綁好。不久之後季珂悠悠醒轉，她的怨氣已經消退，變回原來美麗的模樣。

「唔……我是怎麼了？咦，等等，為什麼我被自己的勾魂索綁住了？哇啊啊，你們怎麼又沒穿衣服，到底有什麼毛病啊？」

「妳不記得剛才發生什麼事了嗎？」

「我……我發現你們在陽臺做那檔事……然後看見你那根髒東西就失去意識了，在那之後的事我都不記得。」

「原來如此，妳也不記得自己怨氣爆發的經過了。」

我走向季珂，她羞紅了臉，哇哇大叫。

「你你你想幹什麼，走開，不要靠近我！」

我忘了自己現在是裸體，小兄弟還掛在下面晃來晃去，尷尬地笑了笑。

「我們先去洗個澡再來，您請稍等。」

＊＊＊

三十分鐘後，我們穿好衣服，再次回到季珂面前。

「嗨，讓妳久等了。妳願意跟我聊聊嗎？」

「哼，我沒有可以跟你聊的事情。」

季珂顯然不想合作，也不想跟我這個她認定的變態多說一句話。

「我警告你快點把勾魂索解開，否則你一定會遭受報應。」

我一屁股坐在季珂前面，折騰了一整天好不容易才把她引出來，差點又賠上自己的性命，我想要速戰速決。

「我就直說了吧，白季珂，冥婚交友中心有妳的檔案紀錄。」

「這……是什麼意思？」

「我們公司的業務只有冥婚，我們替需要尋找對象的已逝之人牽線促成姻緣，簡單來說就是死者的婚友社。」

「我知道你們是在幹什麼的，我疑問的是為什麼你們會有我的檔案。」

「那表示妳曾經是我們的客戶。」

「不可能！我……我可是鬼差啊，為什麼非得去婚友社尋找姻緣不可啊。雖然我一直是單身沒錯，但那是因為工作太忙了，我根本沒有時間談戀愛。我……我才不用去婚友社呢，你一定在胡說八道。」

「我想那也許是在妳成為鬼差之前發生的事。」

「我……成為鬼差之前？」

「沒有人一出生就是鬼差吧，妳一定是經歷了什麼事情才會成為鬼差，但留在公司的檔案裡沒有記錄妳曾經歷過什麼。」

「我想不起來，我一直都是城隍爺的鬼差啊。那檔案裡寫了些什麼？」

「媒合失敗，本公司媒合的成功率高達百分之九十，失敗的案例非常少。」

「我曾是你們的客戶，而且還媒合失敗，你的意思是我是個很難搞的女人嗎？」

「剛才妳襲擊我，附身到我身上，差點把我弄死，妳還記得嗎？」

季珂茫然搖搖頭：「別亂說，我們鬼差對付的是不肯安息的厲鬼，才不會去襲擊活人呢。」

「但妳可是從我的身體裡彈出來的，可別說妳連幾分鐘前發生的事都不記得。」

「這……」

「季珂，我想知道在妳身上發生了什麼事，為什麼公司會媒合失敗。幫妳解開勾魂索可以，但妳得合作一點，否則我就到城隍廟裡去告狀，請城隍爺明察秋毫。」

這招顯然有用，一直不肯合作的季珂變得安分許多。

「我知道了啦……快放開我。」

我解開勾魂索，季珂的怨懟值立刻上升，我連忙安撫她。

「喂喂，我們說好了，別生氣，要是妳又失控怎麼辦。」

「季珂小姐，深呼吸，跟我一起做，吸吸吐——吸吸吐——」黛兒也幫忙安撫她，不過那是孕婦生小孩的呼吸法吧。

「你想知道我過去發生了什麼事嗎？但是我根本沒有記憶，所以我也無從說起……我以前為什麼從來沒有懷疑過，我成為鬼差之前又是誰？」

季珂壓抑住了怨氣，一臉無奈地對我說。

「顧問，你願意幫我找回我的記憶嗎？」

「我會想辦法幫妳，前提是妳不能再襲擊我了。」

「我不會再做那種事了，我會受到地府懲罰的。」

「那好，明天我就開始調查妳的過去，我要怎麼跟妳聯絡？」

季珂起身在我家裡走了一圈，忽然笑說：「嗯～你家的環境不錯，這幾天就當成我休假，我要住在這裡。」

「什麼！」

「有什麼好驚訝的，前兩天我也一直待在這啊，只是你們看不見我而已。」

就這樣，美少女鬼差季珂暫時在我家住下，成為我們的室友。雖然我不太願意這麼做，為了黛兒和媛也只能忍耐了。

第四章　不可以色色

「白季珂什麼都不記得了？」

「她只有成為鬼差之後的記憶，話說回來，鬼差跟警察一樣用考的嗎，還是有訓練學校？」

「地府的事情誰知道呢，你去觀落陰參觀看看啊。」月婆沒好氣地說。

「不管怎麼樣，總不可能是她自己上門委託，她的檔案裡總有聯絡人的電話或地址吧？」

「然後呢，你打算怎麼做？」

「替她找回記憶，讓她欠我人情，然後拜託她去跟城隍爺求情啊。」

聽完我的想法，月婆的白眼都快翻到天邊去了。

「你也太異想天開了吧，跟城隍爺求情？你有見過城隍爺嗎，祂是可以求情的對象嗎？」

「不試試怎麼知道啊，妳跟城隍爺很熟喔。」

「不熟啊，又沒見過。我只是希望你不要亂來，我們又不知道地府能不能溝通，要是惹對方生氣，提早把你給收了該怎麼辦？」

月婆說得有道理，但我不能什麼都不做，就算有風險也得嘗試看看。

我得到季珂的檔案，又一次瀏覽了寥寥數字的紀錄，至少我知道她的母親在十年前請求公司替她尋找姻緣，而我們失敗了。

從中可以得到兩個訊息，第一，季珂在十三年前死去。第二，季珂在成為鬼差之前是厲鬼，否則前輩們不可能失敗。

下午，我和黛兒一起驅車前往檔案上的地址拜訪季珂的母親，只要見到她，就能明白季珂身上發生了什麼事。

一個小時後，我們抵達了地址所在的位置。一開出隧道，黛兒整個人貼在車窗上，興奮得不得了，因為那裡有一望無際的大海。

「顧問先生，你看是海耶！我好久沒有到海邊來了，季珂小姐的家在海邊嗎？」

「依照地址來看應該是這附近，讓我找找。」

我轉動方向盤，鑽入路旁的小徑，來到更靠近海邊的一處社區。

「應該是這裡沒錯……連導航都找不到的地方我竟然找到了。」

面海的山坡地上矗立著幾棟樓房，背山面海的格局與奇特的造型立刻勾起我的回憶。

大約三十年前，臺灣錢淹腳目的那個年代曾掀起一波在興建度假別墅的熱潮，建商為了創造話題，賦予這些度假別墅獨一無二的造型。但風潮過後，由於交通不變，很多別墅區因而荒廢，變成了遠近馳名的鬼屋，我們眼前的這幾棟別墅大概也是這樣。

「顧問先生，這幾棟房子看起來都沒人住耶。」

我們走到別墅區內，就算現在陽光普照，荒涼破敗的房舍依舊使我頭皮發麻。我心裡涼了一半，這裡很明顯沒有人住了。

房舍的牆面滿是亂七八糟的噴漆，窗戶也大多破損，年久失修的木板在海風吹拂下發出了刺耳的聲音。

「看來我們是撲空了。」

「我之前在網路上看過直播主來這種地方探險，明明沒有鬼，他們卻嚇得鬼吼鬼叫的，好好笑喔。」

「不是每間空房子都會有鬼，更何況大部分的鬼不會現身騷擾活人。」

「就是說啊，如果我住在這裡，半夜有一群人跑進來直播探險，我一定會被吵得睡不著。」

我忍不住笑了：「真該叫那些廢墟探險的直播主考慮一下鬼的感受。」

「噗，要是顧問先生去留言，一定會被人當成神經病。」

既然這裡已經人去樓空，我們只好沿著原路下山。路上遇見了一位扛著竹簍的農民，我向他詢問那個別墅區的狀況。

「你說友愛社區喔？早就沒人住啦，建商選的地點不好啦，房子蓋在那裡每天迎著海風，房子一下子就壞掉了。而且聽說十多年前還鬧鬼鬧得很凶咧，所以才全都搬走了。」

「阿伯，可以詳細說明一下嗎？」

「啊就鬧鬼，要詳細說明什麼啦，你遇到鬼難道不會跑嗎？」

黛兒掩嘴竊笑，農民阿伯要是知道他面前就有一隻鬼，肯定拔腿就跑。

「我想問的是為什麼會鬧鬼，那個社區裡發生了什麼事？」

「喔，詳細的情形我也不清楚啦，好像是有家的女兒從樓頂跳下來，在社區的中庭摔死，沒多久以後社區裡就開始不得安寧了。我記得他們還找過大廟來社區辦超渡法會，結果也是沒用啊。」

那個從頂樓跳下來的女兒是季珂嗎？告別農民阿伯之後，我和黛兒整理剛才聽到的情報，目前得到的情報還是太少，不過能拼湊出一些線索。

「季珂在成為鬼差之前曾是厲鬼，我們都親眼見到了。」我說。

「所以是她遭遇了什麼事之後受不了打擊跳樓自殺，然後變成厲鬼作亂嗎？」

我的想法和黛兒的推測相同，只是我們連作亂的鬼是男是女都不知道，必須收集更多的情報，不然可能會完全搞錯方向。

「如果是跳樓自殺，說不定那時候的新聞會有記載吧？」

「好主意，黛兒妳真聰明。」

「欸嘿嘿，我要證明我不是笨蛋，不然老是被顧問先生取笑。」

尋找當時的新聞是個不錯的方法，我立刻拿出手機輸入關鍵字：友愛社區，自殺，鬧鬼。

搜尋結果第一條斗大的標題寫著：「北海岸別墅友愛社區鬧鬼傳聞不斷，居民爭先恐後搶賣房子」。

新聞內容基本上與剛才農民阿伯說的大同小異，我刪除鬧鬼這兩個字又搜尋了一次。

傾頹的別墅群就在我眼前，我卻在虛擬的世界搜尋著十多年前的新聞，讓我有種時空錯亂的魔幻感。

一則新聞吸引了我的注意力，標題寫著「友愛社區驚傳年輕女子墜樓身亡」。

但下方還有更多新聞讓我驚訝不已。

「友愛社區驚傳男子墜樓不治」

「北海岸別墅社區傳出高材生墜樓事件」

「北海岸友愛社區驚傳一家三口開煤氣自殺」

光是我看到的網路新聞，短短半年之間，整個友愛社區有十六人因為自殺身亡。

難怪住在那裡的人爭先恐後想要賣房子搬走了，這何止是鬧鬼而已，整個社區都化為地獄了。

「十六個人自殺……好誇張……他們都是受到季珂小姐的怨氣影響嗎？」黛兒掩

著嘴，睜大眼睛。

「我不知道，厲鬼的怨氣確實有可能影響到生者的精神，精神狀況不好，加上夜夜不得安寧，也許會萌生走上絕路的念頭吧。」

如果新聞在當時鬧得很大，我應該會有印象才對，為什麼我卻是第一次看到這些新聞？

我站在山腳下搜尋十年前的新聞，越看背脊越是發涼，從海上吹來的風勢似乎也變強了。

「我們回去吧，站在這裡吹海風我怕會感冒。」

「嗯。」

臨走前，黛兒回頭看了友愛社區一眼。

「顧問先生，屋頂有好多人在看我們。」

「別看了，走吧。」

看完那些新聞，我的心情突然變得很差。怨氣到底要強大到什麼程度，才會讓十六個人萌生自殺的念頭？

回家後我又仔細上網找了一輪，原來十多年前陸續發生在友愛社區的事件不只這些。

除了那十六個自殺者以外，還有六人車禍身亡，其中一個五口的家庭則是劉姓丈夫半夜突然發狂，拿刀砍死了雙親、妻子，以及自己襁褓中的孩子。

劉姓男子被捕時精神異常，對警方說有女鬼日夜跟著他，最後在看守所上吊自殺了。

加起來已經是二十七條性命，這些事情真的跟季珂有關嗎？

現在和媛一起坐在沙發上看電視，笑得天真無邪的女孩子，會做出這種事嗎？

「唉。」

我重重嘆了口氣，關掉電腦回到客廳，黛兒來到我的沙發後面替我按摩肩膀。

「顧問先生的肩膀好僵硬，跟石頭一樣。」

「每個苦命的上班族都有像石頭一樣硬的肩膀，我還算好的，有些人連肝都跟石頭一樣硬。」

我鬱悶的心情需要黛兒來舒緩，所以我叫黛兒坐到我懷裡，從後面抱著她柔軟的身體能讓我心情好一點。

「啊哈哈，好癢，不要聞人家的脖子啦。」

「黛兒好香，我要吸個夠。」

我把臉埋進黛兒的頭髮裡，猛力吸氣，黛兒癢得拚命扭動身體。

「顧問先生是把我當成貓咪了嗎？」

「別人吸貓，我吸鬼。」

「啊嗯……好癢喔……討厭啦……季珂小姐還在這裡耶……」

沒多久，黛兒的聲音便從嬌笑變成略帶情色意味的呻吟，季珂一聽到聲音馬上從沙發彈起來。

「暫停暫停！」

「為什麼要暫停？」

季珂從口袋掏出一張卡片，上面寫著「禁止色色」四個大字。

「男女授受不親，你們不可以在我面前色色。」

「那妳回房間去，別看不就行了嗎？」

「不行！只要我待在這裡一天，你們就不可以做色色的事。」

「哇！妳住海邊喔，也管得太寬了吧？」

轉念一想，季珂確實住在海邊，我忍不住笑了出來。

「你笑什麼，有什麼好笑的？」

「沒什麼，不色就不色，黛兒先起來吧。」

我不想刺激季珂，免得她又怨氣爆發變成厲鬼。雖說我手上有被鬼差襲擊差點喪命這張牌，可是最後我還是得靠季珂去幫我求情，所以還是和睦相處，替她找回記憶，才有機會保住黛兒和媛其中一人。

「哼，這還差不多。那麼你今天有什麼收穫嗎？」季珂回到沙發上，靠著沙發扶手，察覺我的視線對準她胸前的乳溝，狠狠地瞪了我一眼。

「沒什麼收穫，到處都找不到相關的線索。」

「這樣啊……」

季珂露出失望的表情，當她發現自己失去記憶，隨著時間經過，她也變得越來越在意自己的過往。

「這也是沒辦法的事……畢竟我是鬼，又什麼都想不起來嘛。」她寂寞地笑了笑。

黛兒把我拉到一旁，低聲說：「你不跟她說我們今天的發現嗎？」

「不能說啊，又還沒確定跳樓的是不是她，如果她知道自己是害死二十七人的厲鬼，一定會原地爆炸啦。」

「原、原來如此，季珂小姐厲鬼化之後確實很危險呢。」

「只能先想辦法找到她的母親，若是能見到母親，應該能喚回她的記憶吧。」

季珂就像一顆不定時炸彈，怨氣可能隨時會爆發，因此每天都一起洗澡的我們，今天也不得不分開洗。

由於不能色色，還沒十二點我就上床睡了，但腦海裡不斷浮現黛兒火辣性感的胴體，讓我心猿意馬，怎麼也睡不著。

自從我搬到這間房子與黛兒和媛同居後我就沒有自慰過了，現在家裡多了一個色色警察，如果不能做愛，那乾脆自己來好了。

正當我打定主意要自己來的時候，忽然一隻冰冷柔軟的手掌握住了我的小兄弟。

媛無聲無息地從我的被窩裡鑽出來，黑色長髮加上慘白的臉龐，我嚇得差點萎掉。

「阿娘喂——差點把我嚇死，妳是咒怨的死小鬼嗎？別突然從我被窩裡探出一顆頭啊。」

「親愛的，不可以自己來喔，弄髒棉被很難洗的。」媛嘻嘻笑著。

「是、是這樣嗎？」

「我幫你吃吧。」

「妳進來的時候沒有被季珂發現？」

「季珂在沙發上睡著了，電視還在播，她應該聽不見我們的聲音。」

「那真是太好了，我剛才還想說，明明有兩個這麼漂亮的妻子還得自己一個人孤單地打手槍，有夠寂寞。」

「所以我才來陪你啊，哈啊……肉棒慢慢變硬了。」

媛張開櫻桃小口，輕輕含住龜頭的瞬間，我彷彿置身天堂。

「呼……好、好爽啊……呃。」

一轉頭竟然看見季珂站在床邊，對我舉起禁止色色的卡片，她散發的怨氣都快要可視化了。

「你們的性欲到底有多強啊，稍微一個不注意就開始做……做那些骯髒汙穢的事情……氣……氣死我了。」

「妳身上有裝色情偵測雷達嗎？媛都躲在我的被窩裡了還能被妳發現？」

「你們的生殖器一天不互相接觸會死嗎？」

「會！」

我豪氣干雲，斬釘截鐵，一往無前地回答她。

「再不分開，我就……啊啊……嗚啊啊啊！」

季珂抱著頭，怨氣暴增，我和媛只好馬上分開。媛嘟著小嘴，不情不願地離開我房間。

才剛要開始就被季珂阻止，我體內的欲火反而燒得更旺盛了。

「你……你幹麼這樣看著我？別想碰我的身體，連看都不能看，死變態。」季珂冷哼一聲，化為一陣白煙飄走。

「搞什麼啊，只要有這傢伙在，我連碰黛兒她們一下都不行嗎？」

我心情極差，連自慰的欲望也沒了，拉起棉被蒙頭就睡。

＊＊＊

「月婆！快點想辦法幫我找到白季珂的母親住哪裡，不然我要瘋了。」

我一進公司就到月婆的辦公室拍桌，她見我氣沖沖的也嚇了一跳。

「你吃炸藥了嗎？從來沒看你這麼生氣過，發生什麼事了？」

我把只要在家裡親熱，季珂就會跑過來舉牌的事情說了一遍，月婆抱著肚子笑出了眼淚。

「啊哈哈哈，想要親熱被舉黃牌嗎，笑死我了哈哈哈！那有沒有兩犯離場的規定啊？」

「不要笑！妳知道她有多嚴格嗎？連摸黛兒的胸部都不行。我快受不了啦，再這樣下去我會爆炸的。」

「哪有這麼誇張，遇見黛兒她們以前你也是一個人住，怎麼沒看你爆炸？」

「時空背景不同啦，妳知道每天在家看著三個美女在面前走來走去，想要做點色色的事情卻沒辦法，我有多痛苦嗎？」

「三個？」

「白季珂也是相貌跟身材都不輸給黛兒她們的美女啊……那雙長腿在眼前晃來晃去，我都快被烤成人乾了。」

「人乾？啊啊，你是說被欲火烤成人乾啊……在家不行，那在公司就可以了吧，她應該管不到這裡來，需要我幫妳退退火嗎？」

月婆關上辦公室的門，降下百葉窗，坐在辦公桌上解開胸前的鈕釦，露出雪乳並舔了舔嘴脣。

這是個極具誘惑力的提案，但是……我不能背叛黛兒和媛。

「不行，黛兒和媛也在忍耐著，我不能自己爽。」

「呿，剛才一副精蟲上腦的樣子，現在又不想要啦？算了，你跟黛兒也可以在公司找個隱密的地方做吧？」

「我們怕媛獨自和白季珂待在家會出什麼意外，所以黛兒也在家陪著她。」

月婆噗哧一笑，用豐滿的胸部頂著我，還伸手撫摸我已經開始鼓脹的下體。

「這樣啊……不做是你的損失，走出辦公室後想再來，我可是不奉陪喔。」

「不行，我不能背叛她們……」

「真的是這樣嗎？你的這裡可是比嘴巴誠實呢。」

月婆微微拉開胸罩，我閉上眼睛堅決不從，玩了幾分鐘後她覺得沒意思便放棄了。

「唉～無趣的男人。話說昨天你跟黛兒去了檔案裡記載的地址，那裡怎麼樣了？」

「不太妙，北海岸的友愛社區妳有印象嗎？」

「根本沒聽過。」月婆搖搖頭。

「這件事很奇怪，我上網查以前的新聞，友愛社區曾經接連發生自殺事件，光是自殺就有十六人。」

「十六人！當時新聞應該鬧得很大吧，為什麼我沒聽過這件事？」月婆睜大眼睛，她也感到萬分訝異。

「對吧，明明是真實存在的事件，我們卻完全不知道，感覺像是記憶被洗掉了一樣。」

月婆打開電腦搜尋友愛社區的新聞，仔細看了一遍後眉頭深鎖。

「友愛社區這一連串事件，是白季珂引起的嗎？」

「我不敢確定，十三年前第一個跳樓身亡的女性也查不到是誰，如今社區已經人去樓空，我也不知道要去哪裡問。」

月婆突然用一種發現了原始人的樣子看著我。

「幹麼，妳有更好的方法就說啊。」

「萬事問臉書這個道理難道你不懂嗎？」

我是有臉書帳號，但只是用來追蹤各國美女，帳號本身沒有在使用，對於露奶就會被封鎖貼文的社群網站，我個人秉持著嚴正譴責的態度。

「我幫你問吧，要是問到結果別忘了感謝我。」

「我知道啦，請妳吃飯行了吧。」

「當然要浪漫的燭光晚餐，加上……」

「元寶蠟燭晚餐好不好，快點幫我問，少在那裡幻想了，妳這色女。」

「這是拜託人的口氣嗎？不過我倒是不討厭你這種直來直往的強硬態度，嘻。」

月婆在臉書發了一篇貼文，詢問她的臉友是否有人記得十年前的友愛社區事件。

幾分鐘後，留言區出現了回應。

「大家跟我們一樣，沒有人記得友愛社區的事情。」

「果然很奇怪，冥冥中有某種力量在運作嗎？」

「等一下，有人說她以前住在友愛社區，是我的大學同學。」月婆突然大叫一聲。

「能約她見個面嗎，我想當面問她十三年前到底發生了什麼事。」

「當然要啊，我好久沒見到她了，而且我也開始好奇了。」

＊　＊　＊

透過月婆的邀約，我們與她的大學同學約了下午在市內的咖啡廳見面。

「小月，好久不見！」

一位看起來相當幹練俐落的女性坐在靠窗的座位，看見我們走進來便熱情地揮手。

「她叫妳小月？」

「我在大學的外號就叫月婆了，所以朋友們都叫我小月。」

「我聽說妳在婚友社工作，最近怎麼樣啊？」

「當然好啊，我現在可是主管呢。」

我和月婆入座，簡單地互相自我介紹後，我得知了月婆的大學同學姓王，月婆都叫她阿琳，十年前住在友愛社區，現在則住在桃園，每天通勤到臺北上班。

「婚友社的主管啊，能不能替我找個好對象啊，我的戀愛運一直很差呢，總是遇不到好對象。」

月婆尷尬一笑，要我們幫忙找對象當然行，重點是王小姐介不介意戀愛對象是鬼啊。

「看到妳的貼文我才想起來以前曾經住過那個社區，好奇怪喔，明明住了七年耶，為什麼平常完全不會想到那時候的事呢？」

「阿琳，我就直說了，友愛社區現在已經完全荒廢了對吧？」

「嗯，我們家是比較早搬走的，聽說有滿多人房子賣不掉，到現在還在繳當時的貸款，好慘喔。」

「妳記得十三年前發生過什麼事嗎？」月婆開門見山地問她，阿琳想了一下，才娓娓道出當時的經過。

「好像是……有人跳樓吧？我記不太清楚了，奇怪，才十三年前而已，為什麼記憶會這麼模糊？」

我讓阿琳瀏覽了網路新聞，她似乎又想起了些什麼。

「啊，沒錯，我想起來了。那時候有好多人自殺，弄得整個社區人心惶惶，大家都說有厲鬼在作祟。那時候我晚上都不敢出門，很怕會在路上碰到鬼。」

「當時在社區作祟的厲鬼，是男鬼還是女鬼？」我接著問。

「你們不是婚友社嗎？為什麼要問這個問題啊？」

「啊，其實我有兼差寫一些靈異的報導，所以想要取材。」我急中生智，瞎掰了一個理由。要是跟阿琳說白了我們是做死人生意的，不知道會不會把她嚇跑。

「我想想喔，我自己是沒有見過，但住在隔壁的鄰居說常常在半夜看見渾身是血的白衣女子站在窗外。」

「第一個跳樓自殺的女生，妳有印象是誰嗎？」

我開始努力挖掘阿琳的記憶，隨著深藏的記憶一個個被翻出來，阿琳臉上的笑容也開始消失。

「那是住在隔壁棟的一家人，我記得那家的女兒長得非常漂亮，男朋友好像也跟我們住在同一個社區裡。有天晚上，我媽媽突然急急忙忙地衝回家，說有人跳樓了。我也跑出去看，只看到中庭有一塊白布蓋著，地上到處都是血，那家的媽媽跪在地上哭泣。

「大概是在那個女生跳樓後沒多久，社區裡開始出現鬧鬼的傳聞，那年的中元節，社區辦了比往常更盛大的法會超渡亡魂，不過還是有很多人半夜會聽到女人哭泣的聲音。」

「妳知道那家人姓什麼嗎？」

「好像是姓……白吧。」

我和月婆交換了眼神，這下可以確定友愛社區第一個跳樓自殺的女生就是白季珂了。

「阿琳，妳有沒有白家的聯絡方式？」

「白家的聯絡方式……怎麼可能會有啊，那家人全都自殺了啊。」

「自……自殺了？」

我驚訝得說不出話來，這下子連最後一條線索也斷絕了，如果沒辦法找到季珂的母親，我要怎麼說服她幫我？

「好像是在那家的女兒跳樓後大概一年左右吧，有一戶姓劉的家庭發生了慘劇，在那之後，就聽說白家的人燒炭自殺了。啊，我又想起來了，當時有一位記者會定期來採訪我們，也許他知道更多事情。」

「能告訴我記者的聯絡方式嗎？」我迫不及待地問道。

「我沒有他的電話，但我媽媽應該有留著名片，我得回家找找。」

「如果妳找到名片就跟我聯絡吧，今天的咖啡我請。」月婆笑說。

得知了令人震驚的消息，晚上我回到家裡，站在家門口遲遲沒有開門，有種不知道該怎麼面對季珂的感覺。

我該告訴季珂她就是那個跳樓自殺的女生，而且死後化為厲鬼，咒死了二十幾條性命嗎？

我還沒拿出鑰匙，媛突然從鐵門穿透出來，摟著我的肩膀給我一個甜蜜的吻。

「親愛的，歡迎回來。」

「這樣不會被季珂發現嗎？」

「我忍不住了嘛，嘻嘻。」

只是一個簡單的親吻就讓我一整天的疲憊一掃而空，原來跟女鬼結婚還有這種嶄新的體驗。媛把身體縮回去，替我開了門，在嘴邊豎起食指。

原來季珂雙手環抱著抱枕，躺在沙發上睡著了。

「她看了一整天的電視，剛剛睡著了。」

「黛兒呢？」

「也在房間睡覺。」

季珂睡著了，我心裡立即起了淫念，不趁這個機會好好解放一下我還算是個男人嗎？

我拉著媛躲到黛兒的房間，抱著她親了個遍，媛低聲嬌笑。

「昨天好可惜，讓我們來繼續吧。」

我才剛把媛的衣服脫到一半，黛兒被我們弄出的聲音吵醒，揉著惺忪的睡眼。

「嗚嗯……我不小心睡著了，顧問先生回來啦……啊！你們怎麼可以趁我睡覺的時候偷偷做！」

「噓，小聲一點！」

黛兒連忙閉嘴，但是已經來不及了。季玡像偵測到病毒的防毒軟體似地出現在房裡，惡狠狠地瞪著我們，怨懟值膨脹得都快變成厲鬼了。

「嘿——嘿——冷靜下來，我們只是在打太極拳而已。」

「打不穿衣服的太極拳嗎？」

我一邊乾笑，一邊幫媛把衣服穿好，心裡不斷咒罵。如果我能發射念力，季玡早就被我彈到外太空去了。

「你是性欲的野獸嗎？明明是生者，卻跟死者糾纏不清，難道你不明白陰陽兩隔的道理嗎？」

「我跟我的妻子親熱到底有什麼不對？妳才奇怪吧，我們親熱到底干妳什麼事啊？」

「那那那那種行為傷風敗俗，淫亂失德，總之就是不行！」

我一氣之下說了重話，季珂也氣沖沖地離開。

「對不起，都是我剛才太大聲了。」黛兒撫著我的手臂安慰我。

「不是妳的錯，是那傢伙的問題……這算什麼，突然出現在我們面前，毫不講理地要把我們分開，現在又擅自在我們家住下，要我們依照她的規矩生活，再怎麼惡霸也要有個程度。」

「親愛的，別生氣了，我知道你都是為了我們著想。」

「我不會讓妳們被她帶走，我才不管地府有什麼新法案，我要跟地府抗爭到底。」

第五章 冷戰

「妳還是什麼都想不起來嗎？」我對坐在沙發上的季珂問。

這兩天我們的關係降到冰點，只要我稍有想要跟黛兒她們親熱的舉動，季珂就會無聲無息地出現在我們面前，導致我已經兩天沒碰黛兒她們了。

月婆的同學阿琳還沒傳來記者的聯絡訊息，尋找季珂的過去陷入停滯。我心情苦悶，又得不到抒發，於是變得更加苦悶。

「想不起來就是想不起來，你一直問我也沒用，哼。我鬼差當得好好的，是你突然說要幫我找回記憶我才留在這裡，你以為我想啊。」

季珂已經變成一個足不出戶的幽靈尼特，這兩天沒離開過沙發。

「多麼微不足道的線索也沒關係，妳也努力回想一下吧。」

也許告訴季珂她就是十年前大鬧友愛社區的厲鬼會讓她想起什麼，但那麼做的話我的生命會有危險。而且她厲化得太過頭，也有可能無法回到原來的樣子，我不能冒這個險。

「不行，還是想不起來，我在成為鬼差之前到底是誰……誰抹去了我的記憶？」

看來再問下去也不會有任何結果，我還是不要把季珂逼得太緊比較好。

半躺在沙發上的季珂還是穿著那件貼身的白色洋裝，優雅的身材曲線畢露。她的髮色與膚色都極其雪白，黛兒和媛的髮色都維持著死前的樣子，季珂的髮色卻是全白的，這會不會和她失去的記憶有關？

季珂忽然遮住豐滿的胸部，臉上浮現紅暈。

「喂，你看什麼看啊，誰准你看我了。像你這種整天犯色戒的淫魔化身，死後一定會被打下十八層地獄，遭受最痛苦的折磨。」

「我又不是和尚，為什麼要守色戒。話說回來，地府是個什麼樣的地方啊？」

「等你死後就知道啦。」

「我不能早點知道嗎？地府有規定鬼差不能說跟地府有關的事嗎？」

「倒是沒有……地府其實不像你們想像的那樣，我們也有城市，也有商店和維持城市運作的人員，只是沒有醫院和太平間。簡單來說，就像一面鏡子，照出城市的兩面那樣。」

「我聽過一些都市傳說，有些人誤闖了奇怪的通道，穿過通道後到了一個完全沒有人的城市或車站，說不定他們是跑到地府去了？」

「就是那樣，他們看不見人那是因為生者本來就看不見我們，跑到地府的人也會被我們送回去，所以那根本不算什麼都市傳說，他們只是誤闖我們的城市罷了。」

「誤闖地府……已經是徹頭徹尾的都市傳說了吧。誤闖地府不會有什麼懲罰嗎？」

「頂多減個幾年陽壽吧。」

「好可怕！」

「那天妳帶走的莊欣，她會去哪裡？」

「先接受審判，再決定她要去的地方。無罪或罪行不重的死者會在我們的城市住下，等待投胎，罪行嚴重的當然就是去接受懲罰了。」

季珂忽然抬起纖細的指尖指著我的鼻子：「像你這種色魔，絕對會受到最嚴厲的審判！」

「那只是妳無法接受我跟黛兒她們做色色的事情吧，我才不相信地府會因為人很色而判重刑呢，沒有色色怎麼傳宗接代，人類會滅亡的。」

「反、反正色色就是不行啦。」季珂嘟著嘴，這就是標準的死鴨子嘴硬。

「我反而想問妳為什麼這麼討厭男女之間的肢體接觸呢，太反常了吧？不准別人碰妳還可以理解，我碰我自己的老婆都不行？」

「我也不知道……我討厭看到男女接觸，一見到你們卿卿我我的樣子就滿肚子火……」

「聽起來像是單身狗的嫉妒而已嘛！」

「你說誰是單身狗，我又不是自願才單身的，當鬼差……沒有機會認識異性啊。」

「地府沒有單身男女的聯誼派對嗎？」

「有是有，我沒有參加過。我不想跟那些打扮得花枝招展的女鬼一起對男生品頭論足。」

「妳也很漂亮啊，想要追求妳的男性應該很多吧，沒有鬼差同事向妳表白過嗎？」

「鬼差之間禁止談戀愛。還有，不准說我漂亮，我才不漂亮。」

如果季珂不算漂亮，那這世上應該沒有美女了。不過她會有這種反應，大概與她討厭色情之事有關。

或許季珂生前是個極度害羞，也不曾體驗過男女之事的女孩，才會在死後變得如此偏激？

我不斷猜測著季珂生前可能的模樣，只要有越多線索，我就越有機會找到認識她的人。

不過，這天晚上卻發生一件我預想不到的事——我在熟睡時作了個惡夢。

我夢見黛兒變成厲鬼，染血的雙手狠狠扼住我的脖子。

「黛兒……我、我不能呼吸了，為什麼要這樣對我……」

驀然驚醒的瞬間，我看見滿臉是血的黛兒站在床邊，忽對值忽高忽低，對著我露出陰森的慘笑。

「哇，妳是怎麼了，剛才被車撞嗎，怨氣怎麼突然爆發了？」

「我壓力好大。」

黛兒在我床邊坐下，嘟著嘴一副楚楚可憐的樣子。

「沒辦法跟顧問先生親熱，讓我壓力好大。」

「原來是欲求不滿嗎！」

「不要說得那麼直接啦，很害羞耶……總、總之就是那樣，我已經受夠每次親熱都被阻止了，人家想要跟顧問先生做愛啦。」

「我又何嘗不是忍耐到褲襠都快爆炸了呢。可是我沒辦法啊，信不信我只要一親妳，季珂就會跟打地鼠遊戲的地鼠一樣從妳旁邊彈出來？」

「嗚……這種日子到底要持續到什麼時候？」

我摸摸黛兒的頭，溫言安撫她：「再忍耐一下，等我幫季珂找回記憶，讓她欠我人情，以後就不會有人管我們了。」

「我有點擔心媛的狀況，她的怨氣比我更強，不知道忍不忍得住。」

我和黛兒她們每天都親熱的一大原因就是能穩定她們的怨氣，她們懷抱著痛苦和憤恨死去，怨氣是她們留在現世的根源，怨懟值不可能降到零。

現在我們沒辦法親熱，怨懟值當然會升高，媛肯定也是一樣的情況。

「我們去關心一下媛吧。」

我起身和黛兒一起往媛的房門走去，卻發現門開了一條縫，而季珂正站在門外朝裡頭窺視，專注到沒有察覺我們。

媛的房間裡傳出誘人的呻吟聲，我湊過去一看赫然發現媛竟然在自慰。

「啊嗯……親愛的……我好想要……快忍不住了……」

媛一手捧著乳房，一手輕輕撫摸著下體，似乎也沉浸在自己的世界裡，沒有發現我們在門外偷看。

「哈嗯……親愛的，你看我這麼溼了……」

媛躺在床上，完美的胴體一絲不掛，小穴泛著銀亮的光澤，她發出嬌媚的喘息，慢慢將手指插入陰道內。

「嗚嗯……啊啊……哈啊啊……」

微微彎曲的玉指沾滿了溼黏的淫液，媛的喘息逐漸加促。

「咿嗯……好舒服……可是比起手指，更想要大肉棒……親愛的……」

季珂呆若木雞地看著媛浪蕩的自慰模樣，瞪大了眼睛，一動也不動。

「做、做那種事……有這麼舒服嗎？」

「偷窺別人的隱私可不太好啊，鬼差小姐。」

我低聲在季珂的耳邊說，她連忙摀著嘴，差點叫出聲音。

「你、你不是睡著了？」

「都是妳害的，讓我老婆寂寞的一個人在房裡自慰。」

「我……是我的錯？」

「啊啊嗯……嫒好像很舒服的樣子……嗚嗯……下面好癢喔……」

後面忽然傳來黛兒的呻吟，回頭一看，她夾緊雙腿，臉上浮現了潮紅，晶亮的淫水沿著大腿根部流下。

「怎麼辦，看到嫒在自慰以後身體變得好熱……顧問先生……」

黛兒拉著我的手，嬌羞的樣子簡直可愛到無法形容。要不是季珂站在旁邊，我一定火速脫衣滿足她的需求。

在房裡的嫒察覺我們站在門外，嚇得拉起床單蓋住身體。

季珂一言不發，轉身回到客廳沙發上，抱著枕頭賭氣。

「為什麼是我的錯……色情的事，本來就不對啊……」

「抱歉，我惹她生氣了嗎？」嫒套上衣服，來到門口，憂心忡忡地問我。

「不是妳的錯，偷窺本來就不對，別理她。」

我適當地安撫黛兒和嫒，各自回房休息。

黛兒和嫒的怨懟值已經不太穩定了，這種烏煙瘴氣的日子再持續下去，遲早會變回無法控制的厲鬼。

＊＊＊

到了週末，這天已經是季珂住進我家第四天了，我知道黛兒她們忍得很辛苦，因此為了減輕她們的壓力，我決定帶她們出去玩。

一大早晴空萬里，高速公路車流順暢，黛兒笑吟吟地哼著歌，從後照鏡也能看見媛的笑容。帶她們出遊果然是對的，她們的心情都變好了。

不過，只要稍微移動目光就能看見坐在後座另一側，擺著張臭臉的季珂。

「為什麼妳也在車上啊？」我忍不住抱怨。

「因為我要監視你們，要是你們逃了怎麼辦？」

「說穿了只是不想一個人看家吧？」

「你們把我丟下跑出去玩，不覺得很過分嗎？一定是想在我看不到的地方做色色的事，我絕不容許。」

「妳以前讀書的時候絕對是風紀股長，而且還是很囉唆的那種。」

「好了好了，難得出來玩，大家放輕鬆一點嘛。」眼看我快跟季珂吵起來，黛兒跳出來調停。

「嗚呼呼，雖然我不喜歡出門，但很期待跟親愛的一起去旅行呢。」

「顧問先生，我們要去哪裡啊？」

「我找到一間很不錯的日式溫泉旅館，附近還有遊樂園和大型 OUTLET，今明兩天好好放鬆休息。」

「哼，你們還真悠哉，今天已經是第四天囉，再過三天我就要帶一個人回地府，居然有心情出遊度假啊。」季珂哼哼冷笑，我不想理她，免得打壞了出遊的心情。

我們來到中部的溫泉鄉，十幾年前這裡曾經因為颱風遭受了巨大的損失，暴雨讓河川水位暴漲，洪水沖倒旅館的畫面如今還歷歷在目。

經過十年以上的重建復興，這裡有了嶄新的風貌。

我們入住的旅館是日本的老牌旅館與臺灣企業合作出資成立的新品牌，裡裡外外都充滿了日式風情，主打的也是日式的接客服務。

雖然有點貴，但為了黛兒和媛，這筆錢花得值得。

放眼望去，寬敞的迎客大廳幾乎都是年輕情侶和家庭旅客，這間旅館的網路評價非常好，我也是看了網路推薦才下訂房間。

「顧……問先生？您預定的是一間內附露天湯屋的四人房，請問沒有錯嗎？」穿著和服的櫃檯小姐帶著疑惑的表情向我再三確認訂單。

我這才會意過來，她只看得到我一個人，但我身旁可是帶著三個女鬼啊。

「一個人不能住四人房嗎？」

「啊，我不是那個意思，只是怕訂單處理出了什麼錯誤，既然沒錯那就沒問題了，這是您的房卡，房間裡有露天的浴池可以使用，若想到大浴場泡湯，營業時間是早上六點到晚上十二點。」

我收下房卡，卻聽見周圍議論紛紛的聲音。

「他自己來住溫泉旅館耶，還訂了四人房，好奇怪的人。」

「噓，不要說得那麼大聲，會被他聽見。」

「一個人住四人房也太奢侈了吧，怪人還真不少。」

這是司空見慣的場景了，我和黛兒出門時也常常被人指指點點。一開始黛兒還會擔心我被路人取笑，現在我們已經能坦然接受周遭的反應。

「你被當成怪人了耶，為什麼你一點都不在意？」季珂無法理解。

「他們又看不見妳們，理所當然會產生誤會，反正被路人指指點點也不是第一次了，又不會少塊肉，根本不痛不癢。」

「可是你一輩子都會像這樣被路人當成怪人，這樣也沒關係嗎？」

「為什麼要在意別人的看法，那些路人很重要嗎？」我笑說。

季珂一時無言以對，把頭低下，不再繼續跟我爭論。

「呵，親愛的一點都不在意他人的目光，真的很厲害。」媛挽著我的臂彎，笑容中滿溢著幸福。

「媽媽，那邊有三個好漂亮的姊姊。」一個小男孩拉著媽媽的手，指著我們的方向。

「嗨，小弟弟你好啊。」黛兒笑著跟小男孩揮手。

「不要亂說，那個叔叔一個人來，哪有三個姊姊？」

「可是剛才聽到櫃檯說他訂四人房……」

小男孩的爸媽臉色瞬間變得鐵青，爸爸抱起還在跟黛兒揮手的小男孩，媽媽拉著行李箱快步離開旅館。

「啊哈哈，嚇到人了，可是剛才的小朋友好可愛喔，他說我們是漂亮姊姊耶。」

黛兒望著他們匆忙離開的背影，露出笑容。

「我們快點進房間吧，免得又嚇到人。」

附帶湯屋的豪華四人房是和洋折衷的風格，置身於中就像來到日本的傳統溫泉旅館，榻榻米的香味使人心情平靜。

「好漂亮的房間，呀呼。」黛兒脫掉鞋子，飛撲到床上，抱著枕頭滾動。

「親愛的，這間房很貴吧？」

「沒問題的，我已經預支了下個月跟下下個月的薪水！盡情把我的卡刷爆吧。」

媛拉開落地窗，外頭是房間附設的露天浴池，從這裡可以望盡綠意盎然的山谷，將美景盡收眼底。

「親愛的，不如我們先泡個湯？」

「當然好！只是……」

我看了季珂一眼，她坐在沙發上抱著膝蓋，相較於開心興奮的黛兒與媛，只有她獨自被低氣壓籠罩。

「你們想泡就泡，看我幹麼，反正我只是個礙事的電燈泡而已。」

「季珂小姐，既然都來了，一起泡湯嘛，不泡多可惜啊。」

黛兒笑著拉起季珂，她一臉驚慌：「我、我才不要，泡湯不就要看到妳們的裸體了嗎……而且還有他的……」

「那妳們先去泡總行了吧？」我兩手一攤。

「可、可是落地窗是透明的，我的裸體也會被你看到啊。」

季珂拚命搖頭，抵死不從，這時媛拿來幾條浴巾。

「包著浴巾就行了吧？這樣的話親愛的也能一起泡湯。」

「唔……如果是浴巾倒是沒關係……」

包著浴巾就沒關係，我看妳自己也想泡湯想得要命吧？我在心裡暗自吐槽。

媛帶著季珂去浴室換衣服，我則俐落地脫光再包上浴巾，與黛兒先泡進溫泉裡。

「哈啊啊……極樂享受。」

恰到好處的水溫帶著點硫磺的氣味，高級的旅館就是不一樣。私人的露天湯屋同時兼具了開放感及隱私，若不是有個電燈泡跟著，我能想像我們會在這個露天溫泉幹什麼事，但現在我們什麼都不能做。

黛兒靠著我的肩膀，瞇著眼睛笑。

「什麼事讓妳笑得這麼開心？」

「我覺得好幸福喔，能成為顧問先生的妻子真是太好了。如果三天後，季珂小姐還是真的要帶走我們其中一個……那我……」

「好了，別說了，免得打壞愉快的心情。」

我阻止黛兒繼續說下去，我知道她在想什麼。黛兒已經意識到或許我們解決不了這次的危機，而我不可能做得出選擇，所以她有了犧牲自己的想法。

「媛會是最完美的妻子，有她陪著顧問先生，我就可以放心了。」

「說什麼傻話，笨蛋。」

我敲了黛兒的頭一下，她抱著頭嘟嘴不依。

「顧問先生老說人家是笨蛋，我一點都不笨！」

黛兒把水潑到我臉上，我也不甘示弱，一來一回把彼此都弄得溼答答的。

「我……沒想過能有如此幸福的生活，以前我對人性徹底失望，帶著憤恨和痛苦死去，都是顧問先生我才能繼續我的人生，雖然大部分的人都看不見我們，可是……這樣就夠了，我、我不想離開顧問先生。」

黛兒說著，忍不住紅了眼眶，用力擤了一下鼻子。

「嗚哇，髒死了，別在浴池裡面擤鼻涕啦。」

「可是，嗚……突然好想哭喔。」

「別哭，我會保護妳們，我一定要找回我們性福的生活。」

「是性福嗎？顧問先生真的好色。」黛兒又突然噗哧一笑，又哭又笑的樣子讓我心疼不已。這段時間以來，既不能和我親熱，又要擔心被季珂帶走，她一定承受了很大的壓力。

「親愛的，我們來了。」

包著浴巾的媛拉開玻璃門，怯生生的季珂跟在後面。

「為什麼他……他也在浴池裡，我可沒說要跟他一起泡溫泉。」

「這點小事就別在意了，反正大家都圍著浴巾嘛。」

媛笑咪咪地泡進浴池，對季珂招手。她一個人站在池邊，扭扭捏捏了一陣子，終於下定決心。

「好燙……可是好舒服……哈啊啊……」

季珂白皙的臉蛋泛起一抹紅暈，陶醉在宜人的水溫中。

「季珂，我突然想到，妳住在我家這幾天都沒洗澡吧？」

季珂一驚，把頭別過去不敢看我。

「說、說什麼傻話，我是靈體，就算不洗澡也不會髒。」

「這麼說妳在地府也不洗澡？」

「會洗啦……喂，你對我有什麼意見，我都勉為其難跟你一起泡了還想怎麼樣啊。」

「不可以吵架，既然一起出來玩就要好好相處。」

媛瞇著眼睛微笑，怨懟值卻在上升中。我不敢惹媛生氣，立刻閉嘴。

沒想到連季珂也安靜下來，總算是能好好享受溫泉。

「我一個鬼差居然跟生者還有要抓捕的對象一起泡溫泉，到底是怎麼回事……啊啊，水溫都透到骨子裡了，好溫暖。」

季珂忍不住伸展身體，打直雙腿。不得不說若是她的態度不那麼討人厭，確實是一位冰山美人。

「季珂小姐，我可以問一個問題嗎？」黛兒開口發問，季珂點了點頭。

「鬼差的工作很辛苦嗎，會不會遇到危險？」

「我們有城隍爺賦予的神力，一般來說是不會遇到危險，再怎麼凶狠的厲鬼用勾魂索都能對付。」

季珂的勾魂索有吸收怨氣的效果，一被纏住就會失去力量，狂暴的厲鬼也會馬上變得安分下來。

「我們在遇到親愛的之前也是厲鬼……為什麼沒有來收走我們呢？」

「因為妳們的罪還不到立刻接受審判的標準，需要鬼差出馬的只有那種在短時間內害死很多人的傢伙。為了不讓生者繼續受害，城隍爺才會派我們出動。」

我心裡突然產生疑惑，這麼說來，十三年前化為厲鬼的季珂，應該是地府肅清的對象，為什麼會變成鬼差？

「別聊工作的事了，等一下要去哪裡玩？」季珂忽然態度一轉，變得興致勃勃，就像是打開了某種開關似的。

「親愛的，接下來有什麼打算嗎？」

「我想想，附近有條老街，也差不多快傍晚了，我們可以穿浴衣去逛夜市。」

「好棒喔，我想吃烤玉米！」黛兒興奮得又叫又跳，只有一條浴巾包著的巨乳劇烈晃動，香豔的景色讓我胯下的浴巾高高鼓起。

「不、不可以色色！」

季珂見狀，飛出一腳踢中我的股間，腳底碰觸到勃起的肉棒，她嚇得從浴池裡跳起來，溼透的浴巾在我眼前鬆開。

在我痛不欲生的那個瞬間，季珂完美無瑕的胴體映入眼底，頗具分量的雙峰配上纖細的腰身，筆直的美腿還有翹挺的臀部，不論跟黛兒或媛相比都毫不遜色。

「啊啊……啊啊啊……」

季珂抱著浴巾遮擋身體，慌慌張張地朝室內跑去。卻因太過慌亂忘了開門，身體直接穿透了玻璃門，把浴巾留在室外。

季珂倒在地上，抱著身體發抖，我連忙拿浴巾蓋在她身上。

「妳沒事吧？」

「啊啊……呃啊啊！不要看我……我的身體很髒……不要看我！」

季珂睜大眼睛，眼中盡是恐懼，甚至出現了換氣過度的恐慌症狀。

「沒事了，我馬上離開這裡，黛兒你們先幫她把衣服穿好。」

我到浴室去換衣服，並等待季珂情緒平靜下來。

只是被看到裸體，為什麼會讓她的情緒幾近崩潰？我細細地推敲季珂剛才失控中吐出的話語。

她認為自己的身體很髒，很難不讓人聯想到那個方面……或許她曾遭受過暴力侵害？

「顧問先生，我們穿好衣服了。」

「季珂沒事了嗎？」

季珂咬著嘴脣，幽怨地看了我一眼：「我沒事了……抱歉，讓你們看到我丟臉的一面。」

「那我們就重整心情一起去逛街吧。」黛兒向我眨眨眼，我知道她的意思，我當然不會白目到在這時候繼續追問季珂剛才是怎麼了。

＊＊＊

離開旅館時已經是傍晚了，我們徒步前往距離不遠的老街，路上有不少攜家帶眷的遊客，隨著夜幕降臨，街道兩側的攤販也紛紛點亮燈光。

「好香……好多美食，要吃哪一種好呢？」

我們走在街道中央，黛兒不時左右張望，不論是烤玉米、美國熱狗，還是起司薯球、骰子牛排她通通都想吃，口水都快流出來了。

「從沒看過像黛兒這麼貪吃的鬼。」季珂忍不住笑說。

「欸——可是有美食不吃很可惜耶。」

「一般來說鬼是食用供品吧，哪有像妳們直接買來張嘴就吃的。」

「我買完馬上供奉給她們，這樣她們就吃得到啦。」我笑說。

「明明是鬼，在陽世還活得像生者一樣快活的大概也只有妳們了。」季珂搖頭嘆氣。

「那是因為親愛的很寵我們啊，對不對，親愛的。」

「啊啊——夠了夠了，別在我面前晒恩愛，真是受不了。」

季珂對於我們晒恩愛的反應沒有之前那麼強烈，說不定是習慣了。

我們路過一攤賣冰糖葫蘆的攤販，季珂突然停下腳步，怔怔看著一支支鮮紅透亮的冰糖葫蘆，我買了一支給她。

「我請客，算是剛才的賠罪。」

「我、我又沒說我想吃……」

季珂還是收下了冰糖葫蘆，放到嘴裡的瞬間，眼中浮現幸福的笑意。

「好甜……真好吃。」

「口味是不會騙人的，妳在失去記憶前一定很喜歡吃冰糖葫蘆。」

「是這樣嗎……所以我才會情不自禁停下腳步。」

季珂露出若有所思的神情，過了一會還是搖搖頭。

「不行，我還是什麼都想不起來。」

「那就別勉強自己了，今天是來度假的，想吃什麼儘管說。」

「我又不是黛兒，這串冰糖葫蘆就夠了，謝謝你。」

我微微一愣，這應該是季珂第一次向我道謝。

「幹麼那樣看我，你的眼神很噁心。」季珂啐了一口。

「妳不發瘋的時候還滿好相處的嘛。」

季珂噗哧一笑：「今天我聽你的，暫時忘記鬼差的職責，但時間到了我還是會履行我說過的話。」

「嗯，這樣就夠了，我也會在期限之前阻止妳。」

黛兒和媛不知不覺走遠了，回頭向我們招手：「顧問先生，你們好慢！我想吃這家的烤玉米！」

「馬上來。」

我和季珂快步走過去，前方的燈光突然熄滅，整條老街變得幽暗無比。

「怎麼突然變得這麼黑，停電嗎？」我原地轉了一圈，赫然發現攤販還在，但街上的遊客全都不見了。

街上除了我和季珂外空無一人，連原本在不遠處的黛兒她們也不見蹤影。

「黛兒，媛！」

我著急萬分地呼喊著她們的名字，但四周靜寂如死，只聽得到我的聲音在空曠的老街迴盪。

「她們去哪裡了，怎麼會突然消失？」

「鬼的行蹤本來就飄忽不定，像她們那樣每天都跟你待在一起才不正常。」季珂突然低低地說了一聲。

「季珂？」

「你不用擔心，她們不是消失不見，而是我們不小心闖進了鬼市。」

「鬼……市？」

「我之前跟你說過吧，地府也有商店跟市集，有時候也會出現這種只有鬼才能逛的鬼市，只是沒想到位置跟這條老街重疊了。」

「可、可是路上都沒有人啊，攤位也是空的……」

「閉上眼睛。」

季珂用指腹輕輕按著我的眼皮，然後放開。再次睜開眼睛，我看見了截然不同的魔幻光景。

幽暗的燈火在空中飄盪，街上滿是行人，幾秒前還空著的攤位也出現了吆喝著買賣的商人。

與我擦身而過的，全是住在另一個世界的居民。

「顧問先生——嗚嗚，我以為你不見了，嚇死我了啦。」

黛兒跑過來撲進我懷裡，媛也一臉著急。

「這裡是什麼地方，為什麼街上全是靈體？」

「妳們運氣不錯，鬼市可不是常常遇得到，今晚可以開開眼界了。」

「話說，我這個活人逛鬼市沒問題嗎？」

季珂神祕一笑：「誤闖鬼市的生者不在少數，隔天醒來會覺得自己作了一場夢，地府不會過問。」

我鬆了口氣，沒想到這趟溫泉旅行還碰上了難得一見的鬼市，回去可以跟月婆炫耀一番了。

黛兒她們雖然是逝者，但也從沒去過地府，當然是第一次逛鬼市，攤位上千奇百怪的商品讓我們看得眼花撩亂。

「季珂小姐，這個上吊專用舒緩軟膏是什麼啊？」黛兒發現了奇特的商品，興奮得不得了。

「顧名思義，就是讓吊頸而死的擦脖子用的，那邊還有對火傷很有效的貼布。人死後會維持死前那一刻的模樣，有些人死得很難看，只要用這些藥品就可以修補傷口。」

「發明這些商品的人簡直是天才……我都想買回去用了，碰到難搞的厲鬼就讓祂塗一下軟膏。」

公司在業務上也很常碰到死得很難看的鬼，要是能把這些特效軟膏帶回去，消解厲鬼的怨氣就變得更簡單了。

季珂帶我們到賣冰的攤位買了傳說中的冥河冰淇淋，據說是用冥河之水製作而成，我吃了一口，古怪的味道立刻在嘴裡散開，我不敢再吃第二口。

「嗚——好好吃……好甜。」黛兒捧著臉頰，一臉幸福的樣子，奇怪的是我剛才吃的那一口完全感覺不到甜味，這大概是生者和死者的味覺差異吧。

我把我的那份冰淇淋讓給黛兒，她乾淨俐落地解決了。

我們逛到鬼市的盡頭，那裡有一道向上蜿蜒的樓梯，季珂帶著我們走到上面去。穿過一道門樓，前方是一間荒寂的古廟，氣氛有點陰森，不過周圍全是鬼遊客，我也沒什麼好怕的了。

「在這裡休息一下，待會我帶你們離開鬼市。」

「季珂，剛才妳付錢，用的是冥紙吧？」

「鬼市當然用冥紙，不然呢？」

深藏在我心中多年的疑惑突然間獲得解決了，我一直很好奇燒了那麼多冥紙，真的會到死者手中嗎？

「這表示我們祭拜時燒的冥紙真的有在地府流通。」

「你們燒的冥紙面額都是幾千幾萬兩，一次又燒那麼多，地府的通膨越來越嚴重，不要再燒了。」

「我會跟月婆說叫公司的顧問們以後不要再燒冥紙了。」

「這還差不多……黛兒也在你的公司上班，說起來陽間的公司為什麼會聘請鬼員工呢？」

「黛兒沒有領薪水，她是我的助理，嚴格來說不算公司員工。」

「逝者不回歸陰間轉世投胎，反而選擇留在陽間，不管對你或對黛兒她們來說都不是好事。」

「我也明白生死兩隔的道理，但是黛兒和媛還沒享受到人生和愛情就死去了，我想在我們還能在一起的時間裡讓她們體驗完整的人生。」

「你該不會是認真的吧，這對你有什麼好處？你的親人朋友看不見你的妻子，她們也只能跟你互動，這樣的人生有意思嗎？」

「冥婚不就是這樣嗎？像我這種人，說不定也只有黛兒她們願意接納我。」

「鬼纏上的男性沒多久就會被吸乾陽氣然後死去，你每天和她們做……做那種事，卻還是生龍活虎的……真是個怪人。」

「我的體質異於常人，也不太容易受怨氣的影響，所以才能做冥婚顧問這一行。」

「也就是說這是你的天職囉？」

「可以這麼說吧，在成為冥婚顧問之前，我的人生很失敗，不管做什麼工作都做不好，這是第一份讓我能得到成就感的工作。」

「工作的成就感……嗎？」

回程的路上，我們跟著季珂穿越鬼市，經過一片黑暗後突然就回到原本的夜市了，陽間和陰間的距離或許不像我們想像得那麼遙遠。

＊＊＊

我回到旅館後又泡了一次溫泉，季珂則一個人坐在陽臺，望著月色發愣。

「季珂小姐怎麼了，回來之後就沒說過話，一個人待在那裡。」

「也許是想起什麼了吧，我們最好不要去打擾她。」

「鬼市真有趣呢……不過我還是比較喜歡我們的夜市。」

「『我們的』夜市嗎？哈哈……哈哈哈。」

「我說了什麼好笑的話嗎？幹麼突然笑我啦。」

「沒事，妳說得沒錯，是我們的夜市，這樣就好了。」

既然黛兒喜歡待在陽間，那不論她說什麼我都不能放棄，一定要找到方法解救她們兩個。

晚上我們當然是分開睡的，我訂的是四床的房間，一人睡一張床。

黛兒她們換上浴衣，輕薄的衣物內隱約可見的美乳和美腿不斷衝擊我的視神經，如果我早點帶她們來泡溫泉，沒有季珂這顆超大電燈泡該有多好。

現在再怎麼後悔也來不及了，今晚我大概會夢遺吧。

就算是開了一整天的車，我還是沒什麼睡意，腦海裡盡是媛雪白的美腿和黛兒豐盈的巨乳。又過了一段時間，我聽見她們勻稱的呼吸聲，大概是睡著了吧。

我翻來覆去，不管怎樣就是睡不著，真想拿根棒子把自己打昏。可惜我現在伸手可及的地方，夠硬的只有我自己的肉棒。

我彷彿聽見了非常低微的呻吟聲，可憐哪，我竟然欲求不滿到出現幻聽了。

「嗯嗯……嗚嗯嗯……」

等等，不是幻聽，難道是媛又忍不住開始自慰了嗎？

「哈……哈嗯……原來……是這麼……舒服……的事嗎？」

我們四人的床分別位於房間的四個角落，媛睡在我的右側，她睡得很熟，沒有任何動靜，那麼應該是黛兒了。

黛兒的床在我的床正對面，我微微起身看過去，睡相很差的黛兒抱著棉被呼呼大睡，左腳還掉出床外。

不是媛也不是黛兒……我整個人精神都來了，竟然是季珂！

「啊嗯……不行……我不能做這種事……啊啊……明知不可以卻停不下來……」

季珂深怕把我們吵醒，努力壓抑著呻吟，右手在胯間來回移動，甚至能聽見溼潤的水聲。

噗滋、噗滋、噗嚕……

季珂的浴衣變得凌亂不堪，雪白的乳房從衣服裡掉出，她情不自禁地用手指玩弄著乳頭。

「嗚嗯嗯……啊哈……」

我躲在棉被裡，不敢光明正大地看，要是被她發現，應該會瞬間變成厲鬼然後把我做掉。

「咿嗯……哈……哈啊……咕嗯嗯！」

季珂腰部忽然高高挺起，迎來了高潮，而她彷彿還不滿足，居然把沾滿淫水的手指放到嘴裡舔拭。

「還不夠……光是這樣還不夠……我還想要更多……」

這時，季珂的怨懟值急速上升，怨氣以難以想像的速度膨脹，我嚇了一跳，沒有人觸怒她，怨氣為什麼會突然失控？難道剛才她在陽臺獨處時，真的想起了什麼？

「不夠……啊啊啊……」

季珂的呻吟逐漸變得激烈且大聲，照理來說會把黛兒和媛都驚醒，但她們兩人卻完全沒有反應。我小心翼翼拉下棉被，赫然發現睡在隔壁床的媛消失了。

床上的棉被鋪得整整齊齊，就像是從來沒有人睡過那樣。

我一時驚慌，不小心碰到床頭櫃，發出了聲響。

「你……看見了？」

季珂的聲音破碎沙啞，搖搖晃晃地朝我走來，怨氣纏繞全身。

浴衣底下的胴體變得像是死亡多日的屍體般慘白，而且渾身都是可怕的傷痕。

她美麗的臉龐也像幾天前無法控制怨氣時那樣扭曲恐怖，怨氣已經徹底侵蝕她的靈魂，就像媛那時候一樣。

厲鬼的怨氣能創造出某種特殊的領域，媛的怨氣強烈到能把我和黛兒拖入她的回憶中。而媛和黛兒從旅館房間裡消失，一定是受到季珂怨氣的影響。

季珂來到我的床邊，血紅雙眼直勾勾地盯著我。

「你看見了……你看見了！」

「幹、幹麼，我可不是故意偷看，我們睡在同一間房裡，妳叫得那麼大聲，誰都聽得見。再說，妳把黛兒她們弄到哪裡去了？」

「我會變成這樣子，都是你害的……我要殺了你。」

季珂一把掀開我的棉被，騎到我身上扼住我的脖子，力量之強大我根本無法掙脫。

為求生存，我只能奮力掙扎，試圖把季珂從我身上甩開。

就在我拚命扭動身體的時候，還沒消腫的下體碰到了季珂的股間。

「嗚嗯……」

季珂的情欲顯然也還沒消退，意識到了那是男人的陽物，她突然鬆手，趴在我身上撫摸著肉棒。

「我改變主意了，我要先滿足後再殺了你，誰叫你們老是在我面前恩愛，讓我欲求不滿！」

「誰怕誰啊，妳這厲鬼，嘗嘗老衲的肉棒！」

我自己把內褲給脫了，季珂盯著昂然挺立的肉棒，宛如屍體般慘白的臉頰竟然泛出一抹紅暈。

「好大……」

「會怕就好，但我要先確認一下，我可沒強迫妳做色色的事，是妳自己騎上來的喔。」

「嗚！我、我知道啦……不要提醒我這種事情。」

季珂的臉雖然是傷痕累累，非常可怕的樣子，我依然能維持勃起的狀態，有時候我都覺得我可能是個不得了的變態。

厲鬼的外貌是死亡瞬間的樣子，也就是說，季珂現在的模樣是她跳樓自殺造成的，這是她心中的傷。撫慰厲鬼心中的傷是我的工作，如果我因為這樣就害怕，不敢跟她做愛，那就不配自稱冥婚顧問。

「做愛……真的有那麼舒服嗎？為什麼你每天都能和黛兒她們做……？」

「舒不舒服因人而異，妳會這麼討厭色情也一定有原因，而且妳現在怨氣不受控制，難道不是過度飢渴的關係嗎？」

「我、我才不飢渴，只是有點好奇那是什麼感覺，不知不覺就自己開始摸了……

而且還讓怨氣失控，最難堪的樣子全被你看見了……」

「反正現在我們困在妳創造出來的空間裡，黛兒和媛都不在，妳想要做什麼都沒關係。」

「那你……願意教我性愛的樂趣嗎？」

「我一向樂於指導他人。」

我替季珂脫掉浴衣，溫柔地撫摸她的身體，碰到身上的傷口時，季珂縮了一下。

「會痛嗎？」

「不……只是不習慣被人碰觸，而且很癢……」

季珂雙手撐著我的胸膛，下體抵著我的肉棒，開始緩慢地磨蹭。我能感受到密穴的淫潤，她咬著下脣，似乎難以忍受下體傳來的快感。

「為什麼……只是磨蹭而已就這麼舒服……哈啊……好奇怪的感覺，跟自己來完全不一樣……」

「妳做得很好，等妳習慣了這種感覺之後再把肉棒放進去。」

「把這麼粗的東西……放進去嗎？」

季珂握住肉棒測量了一下尺寸，忍不住笑出聲音：「不行啦，怎麼可能放得進去。」

「不放進去妳打算在那裡磨一輩子嗎？」

「真是下流……可是還沒放進去就這麼舒服了，難以想像放進去之後的感覺呢。」

季珂白了我一眼，而在那瞬間，我彷彿看見她的臉蛋變回原來美麗的模樣，雖然只有一瞬間，我可以確定她的怨氣正逐漸受到控制。

「啊啊……啊嗯……好舒服……好棒……」

季珂不自覺地加快擺動腰部的速度，柔軟的密穴來回受到肉棒的刺激，她忽然夾緊雙腿，趴在我身上喘息。

「啊嗯嗯……突然沒力氣了，好奇怪啊……怎麼會這樣……」

「妳是高潮了吧，整張床都被妳的水弄溼了。」

「腦袋昏昏沉沉的，身體不受控制……哈啊……還可以再繼續嗎？」

「當然可以啊，我們根本什麼都還沒開始呢。」

我扶著季珂的腰，她微微抬起身體，扶著肉棒對準小穴的位置，然後慢慢坐下。

「嗚嗯嗯嗯！好大……啊嗯……」

陰道緊得像是未經人事的處子，才進入了幾公分，季珂便疼得流出了眼淚。

「好痛……不是說會……舒服嗎？你騙我……」

「難道妳是第一次？」

「我不知道，因為我沒有成為鬼差之前的記憶啊。我連我自己是誰都想不起來，更何況是性經驗……」季珂搖了搖頭。

她低頭看著血肉模糊的手臂及胸口雙乳之間一道嚴重的割傷。

「我的身上到底發生了什麼事，這麼嚴重的傷是致我於死的原因嗎？」

「現在就先別管那些事了，妳不是想要解除身體的飢渴嗎？」

我挺起腰部，肉棒更深入了密穴，季珂發出無法抑止的嬌吟。

「嗚嗯嗯！又痛……又舒服……好奇怪的感覺。」

「再忍耐一下就會變得更舒服了，妳的身體要放鬆一點才行。」

「哈……哈啊……你可別、別騙我……」

季珂照我所說的放鬆身體，忽然一屁股坐了下來，肉棒噗滋一聲深入密穴。

突如其來的刺激讓季珂猛的仰起頭，深深地吸了一口氣。

「啊嗯嗯！全、全部插進來了……好舒服啊，這就是……做愛……」

季珂劇烈喘息，等到調整好呼吸後，她一臉嬌羞地問我。

「那……接下來要怎麼辦？」

「既然妳在上面，就由妳來動吧，從我這個角度也能欣賞妳的身體。」

「我自己動……嗚……害羞死了啦……」

季珂羞得遮住臉龐，不敢直視我的臉，慢慢地上下擺動腰部，潮溼的陰道裡蜜肉一張一合，吞吐著肉棒。

「我的臉……現在一定很可怕吧？跟我這種死狀很慘的鬼做愛……一定一點都不舒服。」

「事實上我爽到快升天了，季珂的小穴很緊，又溼潤柔軟，舒服得不得了。」

「可是我的身體全是傷痕……啊嗯嗯……哈啊啊……不要突然用力，我、我會受不了的。」

此時，季珂的嬌羞度已經超過怨懟值的上升幅度，怨氣明顯可見地減少，肌膚恢復成原本雪白透亮的顏色，臉蛋也變回俏麗可人的模樣了。

「哈啊……好棒……已經完全不痛了，下面麻麻癢癢的……嗚嗯嗯……」

習慣了肉棒的觸感後，季珂開始變得主動，雙腿夾著我恣意扭動水蛇般的纖腰。

噗滋……噗滋……

她微微吐出舌頭，享受著男女交合的歡愉。

「啊啊……厲害……你們每天都在享受這種感覺……真是太過分了。」

「從妳住到我家以後，我可一次都沒有跟黛兒她們恩愛過。」

「哈啊……你是說，都是我的錯嗎？哈嗯……那我用身體來補償你，不要生我的氣了。」

季珂的肌膚透出了血色，第一次見到她時，她的肌膚白得像雪。怨氣纏繞時則會變成死屍般的灰白，沉浸於性愛中的她，逐漸像媛一樣，取回了生氣。

取回生氣不是讓死者復活，而是會讓她們在我面前變得與活人沒什麼差別，不具有陰陽眼的一般人還是看不見她們。

做到這個地步，季珂也放開了矜持，我自然也不能輸給她。

我起身抱住季珂，吻向水嫩的櫻唇，她微微愣了一下，卻沒有反抗。

「啾……啾嗯……哈……口水好多……」

我們的舌肉激烈交纏，宛如兩條扭在一起打鬥的蛇，然後以舌尖探索她口腔內的每一個角落，滑過整齊的貝齒。

季珂一邊吻我，雙手也摟著我的頸子，上下擺動身體。

「嗚嗯……哈嗯……插得好深……好舒服……」

她的股間已經溼得一塌胡塗了，陰道一抽一抽地顫抖著，蜜肉持續大幅度地緊縮與放鬆，我猜她很快又要迎來高潮。

季珂忽然緊緊地抱住我，身體劇烈顫抖了幾下，接著放鬆了力氣。

「哈啊……流了好多水出來……我真是個淫蕩的女人……」

「怎麼會呢，那是身體感覺到舒服的自然反應，跟淫蕩沒有絲毫關係。」

「是這樣嗎，像我這樣因為很想要，跟你做愛也不算淫蕩？」

我讓季珂躺下來休息一會，她形狀美好的乳房上下起伏，呼吸慢慢恢復正常。

「你真的是一個很奇怪的人，我是奉命來帶走你其中一位妻子的鬼差，現在卻躺在床上跟你做愛，我……到底在想什麼啊？」

「妳有想起什麼了嗎？」

季珂搖搖頭，秀氣的臉蛋上還殘留著高潮後的暈紅。

「從鬼市回來以後我的心情就一直不太好，心裡覺得悶悶的。其實我一直很羨慕你和黛兒她們的關係，也許我是嫉妒她們吧。同樣都是鬼，她們得到無比的幸福，每天都能做這麼快樂的事，我卻連自己是誰都想不起來，上天對我一點都不公平。」

「每個人都有不同的際遇，黛兒和媛不久之前還是厲鬼，沒辦法從生前的怨恨和痛苦中走出來，我們冥婚顧問的工作就是協助這樣的死者消除怨氣，並找到另一半。」

「我知道你想表現得很帥氣，但你現在為什麼想把我的腿扛起來呢？」

「那當然是因為我還沒滿足啊，妳自己還不是又開始變淫了。」

季珂滿臉通紅，把臉別了過去。

「那是……因為很舒服的關係……再、再陪你做一次應該也可以吧。」

「那我要進去了。」

「嗯。」

第二次進入溼潤的陰道，因為體位的不同，又有了截然不同的感受。

我扶著季珂的腰，緩慢地推送著下體，粉紅的蜜肉逐漸吞納我的肉棒。

「別盯著那裡看……我很害羞啊……」

雪白的胴體上那一對豐盈的山丘沾滿汗水，她不自覺地咬著手指，身體隨著抽插而律動著。

「嗯……這樣也好舒服……啊嗯……好棒……」

我加快抽插的速度，季珂的呻吟也隨之高昂起來。

「咿嗯……好硬……肉棒又變得更大了……哈啊……你這壞人……竟然把我弄成這副德行……我要拿什麼臉去見老闆啊……唔嗯嗯……好棒……頂到好深的地方……」

季珂痴痴地浪笑著，嬌媚的模樣讓我也不由自主地努力衝刺。

噗滋……噗啪……噗滋……

一時之間，房間裡只聽得見我倆粗重的喘息及下體淫靡的水聲。

快感以幾何方式增長，我的胯間猛烈地撞擊季珂柔軟的臀肉，她的雪乳也激烈地上下晃動。

「啊啊……咿啊啊啊……好厲害！好舒服，嗯嗯……要瘋了……又要被插到高潮了。」

我也差不多快到極限了，交合到了忘我的階段，變成一隻只懂得擺動下體的野獸。

「嗚嗯嗯！要去了……又要噴水了啊啊啊啊！」

季珂抓住枕頭，緊繃著修長的雙腿，我也在最後的關頭拔出肉棒，將白濁的精液射在她的腹部以及乳房上。

「好熱……好像要被燙傷的感覺……哈啊……腦袋昏沉沉的……」

季珂雙眼朦朧，用手沾了一點精液並拿到眼前。

「精液……好濃的味道……啊……啊啊啊！」

我正要躺下，季珂忽然開始尖叫，在床上瘋狂地扭動。我用力抱住季珂，她的怨懟值開始飆升。

「不……不要過來！啊啊……不要靠近我……嗚啊啊啊啊！」

「季珂！季珂！冷靜一點，是回想起什麼了嗎？」

「不要啊……嗚嗚……不要這樣對我……啊啊……好討厭……」

直到射精之前的季珂的怨懟值都很穩定，我也不知道她為什麼會突然這麼激動。但很明顯的，她尖叫的對象並不是我。

也許是剛才射精在她身上的動作，觸動了她心中的傷口。

「呀啊啊……啊啊……啊……」

抱著她過了幾分鐘，季珂的情緒才慢慢平復，但身體仍在發抖。

「我、我剛才是怎麼了，突然覺得好害怕，我控制不了自己。」

「沒事了，什麼都不要多想，這裡只有我和妳而已，妳害怕的對象並不在這裡。」

「顧問……我……我到底是誰？」

季珂微微仰起頭，眼中蘊滿了淚水，卸下鬼差的身分，她也不過是一個柔弱的女孩罷了。

「我會找到妳的。」

「找到我？」

「我會找到妳葬在哪裡，還有妳的過去，我會全部告訴妳。」

「嗯……」

季珂靠著我的胸口，也許是剛才情緒起伏太過劇烈的關係，沒有多久她便睡著了。

聽著她均勻的呼吸聲，我也閉上眼睛進入夢鄉。

第六章　季珂的過去

隔天，我在耀眼的陽光中睜開眼睛，看見的卻是兩個怒氣騰騰的厲鬼。

「親愛的……你能解釋一下為什麼季珂在你床上嗎？」

「一定是昨天晚上顧問先生跟季珂小姐偷情了啦！我們明明也在房間裡，你們卻敢做這種事，嗚哇——」

黛兒的眼淚跟噴泉一樣，媛的表情則快要變成日本的般若鬼面了。

「等一下，聽我解釋！」

我好說歹說，從頭到尾解釋了一遍，才平息她們的怨氣。

「昨天晚上親愛的差點被季珂殺死嗎？而且還被關在她創造出的空間裡，難怪我們完全沒有聽到任何聲音。」

「嗚……真的是這樣嗎？顧問先生沒有不要我們了？」

「傻瓜，我怎麼可能不要妳們呢，我可是拚了命要救妳們啊。」

「如果親愛的不要我了，那我一定會化為惡鬼，最後墮入地獄吧。」

「別一邊露出和藹的微笑一邊說這麼恐怖的話好不好。」

結束了一天一夜的溫泉之旅，回到家裡已經是下午了。

回程的路上季珂一直沒有醒來，我把她抱上樓，放在我的床上，她睡得很安穩，怨氣應該不會再突然暴漲了。

「親愛的，你的電話響了，是月婆打來的。」

我聽見媛的呼喚，立刻到外頭接電話。

「好消息，阿琳的媽媽找到當年採訪友愛社區那位記者的名片了。」

我重重吐了口氣，這下總算能貼近事件的核心了。

十年前，季珂身上發生了什麼事，為什麼會變成害人的厲鬼，我一定要問個清楚明白。

我先到公司找月婆，然後我們照著名片上的電話打過去，響了很久才有人接聽。

我把電話開啟擴音，聽聲音對方應該是一位中年男子。

「請問是方記者嗎？」

「找方記者？你是誰，我已經不幹記者很多年了，你為什麼會有我的電話？」方記者態度很不客氣，大部分人接到這種陌生電話應該都會直覺認為是詐騙集團吧，我怕方記者掛我電話，立刻說出了關鍵詞。

「你以前採訪過友愛社區的事件對吧？」

「等等……你怎麼會知道我以前採訪過那個社區。」

「我是冥婚交友中心的顧問，其實我們最近接到了跟那個社區有關的案例。」

「冥婚交友中心？」

我向他說明了我們的業務內容，方記者的語氣才放緩下來。

「幫鬼找姻緣……一般人想必絕對不會相信你說的話吧，其實採訪完那次之後，我就辭職不幹了，因為在我身上發生了很可怕的事，我碰觸到了絕不能碰觸的禁忌，我不想再提起那時候的事了。」

「白季珂現在就住在我家裡，她現在是城隍爺的鬼差，失去所有的記憶，除了自己的名字以外什麼都不記得了。我想知道十年前到底發生了什麼，以及她為什麼會失去記憶，這對我非常重要，請你幫幫我。」

方記者停頓了很久才徐徐吐出一口氣。

「她……變成鬼差了嗎？我知道了，你到我店裡來吧，我有些東西想給你看看。」

我和月婆依照他給的地址趕到他店裡，原來他離職後在大學旁開了一間雅致的二手書店，一走進店裡就能聞到滿室書香。

方記者把店門關上，然後帶我們到裡面的房間，從一個老舊的資料夾裡取出一疊泛黃的照片。

「這些是我當時拍的照片以及取得的資料。」

我察覺到方記者的左手有點不自然，他看著我笑了笑。

「你發現了，這隻是義手，我在一場車禍中失去了左手。」

照片幾乎都是當年還有住戶時的友愛社區，與現在荒涼的樣子截然不同。其中一張照片是社區中庭，地上躺了一個蓋著白布的死者。

「這張照片就是白季珂，當年她跳樓自殺，我恰好在附近採訪，一聽到有自殺新聞就趕過去了。只是我沒想到，那是一場惡夢的開端。」

方記者深吸了一口氣，像是終於鼓起勇氣般開口道出他當年的採訪經過。

照。

他找出一張照片，照片中有兩個人，中年女子與美麗的少女在夕陽下的海邊合

「這個女孩就是白季珂吧。」

我一眼就認出來了，照片中女孩清秀的眉目與季珂一模一樣。

「這是白季珂十五歲時拍攝的照片，十三年前，她跳樓自殺時還沒滿二十歲。」

「你知道她自殺的原因嗎？」

「是性侵，她在即將成人的那年遭受了性侵害。」

十三年前，方記者接到消息後立即趕往友愛社區，拍攝到季珂跳樓後蓋上白布的一幕，他對季珂的家人進行了採訪，並得知了在背後發生的慘劇。

季珂的父母都是教師，購置了位於北海岸的友愛社區的別墅，想要在景色優美的海邊度過退休生活。季珂一家在那裡度過了三年的平靜生活，也與住在同一個社區的高中同學交往。

季珂的男友姓劉，他們的感情很好，並且約定好大學畢業後就要結婚。

但是季珂大二那年發生了一樁慘絕人寰的事件，導致後續連環不斷的慘劇。

某天的放學途中，季珂在回家的路上被當地的三名惡少搭訕，惡少們覬覦季珂

的姿色，想要一親芳澤。季珂不肯跟他們一起走，惡少們於是強拉她上車，將她載到偏遠的野外性侵得逞。

惡少發洩完獸慾，留下季珂慌忙逃離現場。季珂拖著疼痛的身軀，走了好幾個小時的路才找到人幫忙報警送醫。

「那幾個混蛋呢，有抓到他們嗎？」我雖然隱約猜到季珂曾遭遇過性侵，沒想到會是這種形式。

「抓是抓到了，但其中一人是當地角頭的兒子。他們透過黑白兩道向季珂的父母施壓，最後讓季珂的父母不得不跟他們和解，拿了一百萬的賠償金，性侵的惡少們則輕判三年。」

「還有這種事……」

「太過分了吧，性侵只判三年，誰都吞不下這口氣。」月婆氣憤不已用力一拍桌子。

方記者搖了搖頭：「更過分的還在後頭，惡少們只關了一年半就因為在獄中表現良好獲得假釋。從那之後，白季珂一家就開始受到無盡的騷擾，潑漆、撒冥紙等是家常便飯，季珂相戀多年的男友也被他們毆打過好幾次，都因為害怕報復而不敢報警，而那位男友開始對季珂避不見面。」

方記者又翻出一張簡報，日期是十三年前的八月九號。

那天，季珂從友愛社區自家的十二樓跳下，墜落在中庭，頭部著地不治身亡。

「據說在自殺前，白季珂因為男友避不見面而出現了自殘的症狀，好幾次想用裁縫剪刀或刀片割腕自殺都被她媽媽發現，反覆進出醫院，白季珂的母親想把她送到國外讀書，遠離這片傷心地，白季珂也答應了。不過在出發的前一晚，她趁父母不注意上了頂樓，然後一躍而下。

「白季珂死後一年，友愛社區開始出現鬧鬼的傳聞，以及多起離奇死亡的事件。」

「我知道這件事，有一戶劉姓人家的年輕主人殺了全家後自殺身亡。」

「那個人，就是白季珂避不見面的男友，他在白季珂自殺後半年就結婚生子了。」

我和月婆都驚訝得說不出話，季珂的男友會突然發瘋殺害家人，不管怎麼想都是季珂的復仇。

「我相信這世界上有鬼，友愛社區發生的那些事，一定和白季珂有關。因為我親眼看見了……我的這隻左手，就是因為她而失去的。」

方記者摸著自己的左手，又回想起當年的恐懼，身體微微發抖。

「一開始我也覺得鬼魂復仇根本是無稽之談，也許是我抱持著不相信的態度，我開始夜不成眠，每天晚上都覺得有人站在床邊瞪著我。我的身體狀態也每況愈下，短短兩個月就瘦了十公斤，無時無刻都覺得有人在監視我，精神變得極度委靡。

「我也曾到廟裡尋求解方，那時我仍不相信鬼魂存在。可是當我拈香祈禱的時候，我的香突然從中折斷，廟公把我請了出去，告訴我有個不得了的傢伙纏著我，要我去找大廟處理。

「這樣的情況困擾了我半年多，而且在這段時間裡，友愛社區還是不斷傳出離奇死亡的事件，居民和我的恐慌都到達頂點。我決定停止友愛社區的採訪，我向白季珂的母親道歉，告訴她我幫不了她的女兒了。」

我能體會方記者的心情，他想要挖掘真相，幫助季珂，自己卻被鬼纏身，連命都快沒了，最後只能選擇放棄。

「那天晚上我開車回家，我開得很快，因為我只想盡速逃離那個地方。過彎時，我看見一個身穿白衣的女孩站在路中間，那條山路平常根本不可能有人走動，我馬上知道她就是白季珂。我的方向盤不受控制，車子筆直衝下了陡坡，我昏迷了一個月才醒過來，左手就變成現在這樣子了。」

方記者慘澹一笑：「接下來的事情你應該都知道了，我失去左手，身體留下永久的神經障礙。友愛社區房價大跌，住戶逃難似地離開那裡，現在變成了巨大的廢墟聚落，那全是白季珂的怨恨導致的後果。」

月婆搓了搓手臂，聽完方記者的故事，連我也覺得渾身汗毛都豎立起來。

「我們處理過的案例中，季珂應該是最凶的厲鬼，難怪前輩們會失敗。」月婆咂舌。

我們無法想像季珂在遭到性侵後的那三年過得有多麼絕望，早在死前，怨氣就在她心中滋養茁壯了。生前她沒有力量報復這個殘酷的世界，所以在死後化為可怕的厲鬼，詛咒傷害過她的人。

「我聽說白季珂的雙親後來也自殺了，但我不敢繼續深究下去。」方記者重重的嘆了口氣。

「方先生，你知道她的母親葬在哪裡嗎？」

方記者點了點頭，從書桌的抽屜中找出一本老舊的筆記本，戴上老花眼鏡。

「我曾託人去調查過，但我一直沒有勇氣去祭拜她的母親，這些資料和地址你就拿去吧。白季珂的母親名叫林春美，應該能找得到她的塔位。」

方記者把他收集的資料及林春美塔位的地址交給我。

我和月婆離開二手書店，彼此的心情都是說不出的沉重。

「我做這行很久了，也聽過無數悲慘的故事，還是沒辦法習慣呢。」

「我也是。不管是黛兒、媛或是季珂，為什麼老天爺對她們這麼不公平？」

我難掩心中的氣憤，季珂會下意識覺得自己的身體髒，也是因為那幾個混蛋傷害了她的緣故。

「啊啊！這種時候就是要做愛來排解心裡的苦悶，跟我去汽車旅館！」

月婆拉著我的手，平常我應該不會拒絕這種要求，但現在我沒有那個心情，所以搖了搖頭。

月婆兩手一攤，「那現在呢，你打算怎麼辦？告訴那個厲鬼所有真相，讓她再度失控嗎？」

「我想帶她去見她媽媽，這樣或許能讓她回想起來自己是誰。」

「你應該知道這麼做風險很大，她的怨氣曾經造成那麼大的傷亡，我們沒有手段對付得了她。」

「月婆，我們冥婚交友中心的宗旨不就是消除厲鬼的怨氣，替他們找到幸福嗎？

我們不是驅魔的法師或道士，從沒有用過強硬的手段去收服厲鬼，更何況這次還牽涉到黛兒和媛，我不可能放棄。」

「就算會讓自己陷入危險？」

「我沒有其他選擇。」

「我好像是第一次看到你這麼認真的樣子。」

「我在床上的時候一向都很認真吧？」我哈哈大笑。

月婆白了我一眼，打開車門：「也好啦，你還有心情開玩笑我就放心了。接下來你一定要小心，不要連自己的命也賠進去。」

我坐進車裡，但沒有答應月婆，因為我不曉得接下來會發生什麼事。說不定我也會像方記者一樣，碰觸到最可怕的禁忌。

＊＊＊

回到家裡，季珂已經醒來了，茫然地坐在沙發上，眼中失去了神采。

黛兒倒了杯水給我，放低了聲音。

「季珂小姐從剛才醒來就一直是那個樣子，什麼話都不說。」

我走到季珂面前，蹲在她正前方。

「季珂，我找到妳的過去了，妳想知道妳是誰嗎？」

「真的嗎？我的過去不是一片空白……我……」

「這些資料是妳曾活在這世上的證明，如果妳想看，我放在這裡。」

季珂收下我給她的牛皮紙袋，雙手抖個不停。

「我以前是可怕的厲鬼吧，那表示我一定死得很慘，我……不敢看。」

季珂會有這種反應也是人之常情……不，應該說鬼之常情吧。她失去了記憶，真到要揭曉過去之時，反而開始害怕知道自己是個什麼樣的人，有過多麼殘酷的經歷。

或許不知道對她而言還比較幸福。

「可是，我不能再繼續這樣下去了，我想知道我為什麼會成為鬼差，我想找回我失去的記憶。」

她鼓起勇氣抽出牛皮紙袋裡的資料，第一張看見的就是她和媽媽的合照，不由自主流下眼淚。

「這張照片裡的人，是我吧？為什麼我看到這張照片會想哭呢？」

「跟妳合照的女性，是妳的媽媽。她曾經委託過我們冥婚交友中心替死去的妳尋找姻緣，但是我們失敗了。」

「失敗了，為什麼？」

「我不曉得詳細的原因，但我猜想是當時的妳怨氣太強，沒有人有辦法消除妳的怨氣。」

豆大的淚珠滾滾落下，季珂望著照片哭得難以自已。

「這個人就是我的媽媽……嗚嗚……嗚啊啊！」

哭了好一陣子，季珂才抽抽噎噎地止住眼淚。

「雖然我還是想不起來，但她給我一種非常親近的感覺……顧問，你能帶我去見她嗎？」

「我正有此意。」

季珂的情緒產生了劇烈的波動，但怨氣沒有大幅上升，也許慢慢把事實告訴她，不會對她產生太大的影響。

下午，我們前往季珂的媽媽林春美所在的靈園，門口矗立著一根高聳的十字架，說明了這是一個西式的基督教靈園。

「這裡是墓園？那我媽媽……」季珂深吸了一口氣，我既然帶她到這裡來，她也能明白她的母親已經去世。

「季珂小姐……」

黛兒怕她會承受不住，不過季珂露出淡淡的微笑：「我沒問題的，我已經有心理準備了。

「我還是記不起她的長相，照片裡的那個人，在這裡永眠嗎？」

我點點頭，但我們雖然知道季珂的媽媽葬在這裡，卻不曉得確切的位置在哪裡，遼闊的靈園裡至少也有幾百個墓碑，我們得一個個去找。

「親愛的，這個墓園好漂亮啊，草皮也整理得乾乾淨淨，綠草如茵，就像公園一樣。」

媛不喜歡陽光，所以我替她撐著傘，走在這個墓園裡有種在公園散步的錯覺。

「現代的墓園都是這種設計，說不定以後的墓園會真的打造得像主題公園一樣，這樣對前來追思的家屬也比較好吧。」

「不知道我葬在哪裡呢。」媛掃視著墓碑上的姓名，突發奇想。

「有機會我們去找出來吧，順便帶點東西去掃墓。」

「討厭，我為什麼要替自己掃墓啊。」媛噗哧一笑。

幾隻麻雀在空中飛舞玩鬧，嘰嘰喳喳的，如果我們不是為了那麼沉重的目的而來該有多好。

黛兒陪著季珂在另一頭尋找，一隻白頭翁從她們眼前飛過，拍了拍翅膀後停在不遠處的墓碑上頭。

等到她們靠近，白頭翁叫了幾聲，轉眼飛得不見蹤影。

「墓碑上面寫著白智文與林春美之墓，季珂小姐，那隻白頭翁該不會是來帶領我們的？」

「白智文……難道是我的爸爸？這裡就是爸爸媽媽長眠的地方，這證明了……我也曾經活在這世上。」

我和媛趕過去，季珂茫然地看著墓碑上的照片，眼淚潸潸落下。

「顧問，明明已經到了這裡，我還是什麼都想不起來，我是不是一個很不孝的女兒？」

「那不是妳的錯。」

「顧問，我的過去究竟發生了什麼事，我……是怎麼變成這個樣子的？」

「……妳想知道嗎？」

「請告訴我吧，我已經受不了這種什麼都想不起來的挫折感了。我想知道我是誰，我的身上發生過什麼事，我的家人現在怎麼了。」

這是個巨大的賭注，我將開口告訴季珂她的過去，而她有可能會受不了打擊而讓怨氣暴漲，不但黛兒她們可能會出事，我也會有生命危險。

但，不踏出這一步就什麼都無法改變。

我深吸一口氣，將季珂遇到侵犯的前因後果，以及在那之後纏繞著整個友愛社區的詛咒從頭到尾說了一遍。

聽完季珂的遭遇，黛兒忍不住深深蹙著眉頭，媛眼眶泛紅，偷偷拿出手帕擦掉眼淚。

季珂呆若木雞，最讓她不敢相信的不是她跳樓身亡，而是死後化為厲鬼，害死了二十多個人，連她的家人也相繼自殺。

「這麼多人……因我而死，我是個連法師都收服不了的厲鬼……」

季珂跪在她母親的墓前，痛苦地抓著自己的臉，她的皮肉一層層剝落，怨氣迅速蔓延，漂亮的臉蛋瞬間變得血肉模糊。

「親愛的，她的怨氣失控了。」

「顧問先生，快點離開這裡，否則你又會被她襲擊。」

我搖搖頭，我已經決定要陪季珂一起面對真相了，這也是為了與我冥婚的妻子們。

腥臭的血液從季珂的眼耳口鼻不斷冒出，並且張大嘴巴，發出瘖啞的嘶吼。

「啊啊……啊啊啊啊啊啊！」

就算我摀住耳朵，她悽慘的吼叫還是能直達我的腦海，季珂瘋狂地撕裂著自己的身體，鮮血流了一地。慢慢的，她一動也不動，垂著手站在父母的墓前。

「我想起來了，那些人毀了我的一生，卻沒有受到應得的懲罰，我恨得不得了，我以為俊恆會保護我，結果他卻因為害怕那些惡霸而拋棄我。那一年裡，我的精神狀況出了問題，我開始反覆自殘，無數次進出醫院，我變得討厭我這張臉。從小人人都稱讚我長得漂亮，但是這張臉蛋卻害我失去了一切。我覺得活得好累，在這樣下去也只會拖累家人，如果我沒有任何手段可以反擊那些壞人，那就化為厲鬼來詛咒他們……」

「季珂，冷靜一點，我能幫助妳消除怨氣。」

「消除怨氣……為什麼？我沒有資格怨恨這個世界嗎？我沒有做錯什麼，為何必須被那些壞人毀掉人生？」

季珂的話讓我無言以對，黛兒她們也是一樣，這見鬼的世界就是如此不公平。

「妳們，明明已經死了，為什麼還不去轉世投胎，賴在人間享受我沒能得到的幸福……妳們一定在心裡恥笑我吧。」

「我們才不會那樣呢。」黛兒連忙反駁。

「親愛的是為了幫助妳才說出真相，希望妳不要遷怒到我們身上。」

「啊……原來如此，每當我看到妳們在我面前秀恩愛，心裡就止不住的煩躁與厭惡，是這麼回事。因為妳們擁有我沒有的東西，我嫉妒得不得了啊。」

季珂突然一陣冷笑，讓我背脊發涼，勾魂索出現在她手裡，她用力一甩，綁住了黛兒和媛。

地上同時出現了通往地府的傳送門，黛兒和媛一步步被季珂拖往洞裡。

「妳們跟我一起下地獄吧，妳們沒有資格享有幸福！」

「不要！顧問先生！嗚啊啊——」

我用力抓著黛兒的手，但她們還是被一股強大的力量拖向洞裡。季珂瘋狂地笑著，聽起來卻像是在哭。

「為什麼只有我這麼悲慘，為什麼……為什麼！嗚啊啊啊！」

憑我的力氣無法阻止季珂把她們拖走，我跑到洞口，死命抓住勾魂索，想用我的身體把她們擋下來。但這一切全是徒勞，黛兒和媛穿透我的身體，墜入通往地府的大洞。

「黛兒……媛！」我撕心裂肺地大吼。

「啊哈哈哈！我就是想看到這種絕望的表情，你能理解我的痛苦了嗎？」

季珂已經瘋了，她只想要所有人都跟她一樣悲慘，她的怨氣會毀滅一切。

「我能理解，如果讓別人痛苦能讓妳好過一點，那就這麼做吧。只不過，這些痛苦最終還是會像迴力鏢一樣回到妳身上。」

我站在洞口，回頭看向季珂。

「不論黛兒和媛到了什麼地方去，我都會去救她們，因為她們是我的妻子啊。」

我往後一倒，墜入洞裡，沒想到季珂衝過來抓住我的手。

「你瘋了嗎，那裡可是地府，去了就回不來了。」

「我有其他辦法嗎？就算我死了，也要先去跟城隍爺吵一架。」

我懸在洞口，腳底下有一股強大的吸力將我往下吸，季珂逐漸拉不住我的手。

「嗚……拉不住了，你到底是怎麼樣啦？」

我被強大的吸力往下扯，連帶把抓著我左手的季珂也扯進了洞裡。我掉進了無底的深淵，持續往下墜落。

＊＊＊

「嗚……嗚……」

我聽見女孩子哭泣的聲音，病床上，全身纏滿繃帶的女孩拿著剪刀，一刀一刀地刺傷自己。

醫生和護士匆忙跑進病房制止她，強制打了鎮定劑後女孩才穩定下來，閉上眼睛睡著了。

「為什麼病房裡會有剪刀？白季珂的病房裡不可以出現任何尖銳的物品，妳們不知道嗎？」

剛做完包紮的醫生拿毛巾擦拭手上的血，責問站在一旁的護士們。

「對不起，是我忘記收好。」

「白季珂的情緒非常不穩定，我知道妳們照顧她非常辛苦，我會想辦法讓她早點轉院。在那之前，妳們要多擔待一點，不能讓她死在我們醫院。」

畫面一轉，女孩持續出院、入院，在每一家醫院都反覆自殘，變成了醫院裡的頭痛人物。到最後沒有醫院願意收治女孩，她的母親只能把她帶回家。

女孩的情況時好時壞，在母親耐心陪伴下，她的精神狀況顯著好轉。但是有一天，她聽到警方上門，私下告訴母親那些侵犯她的壞人即將緩刑出獄，無邊的恐懼再次吞噬了脆弱的女孩。

她的精神再次崩潰，她怕那些壞人會找上門再次侵犯她，所以她不敢踏出家門一步。

剛開始，男友還會來陪伴她。但隨著日子經過，男友出現的頻率越來越少，女孩心想自己一定是被拋棄了。

有一天，她鼓起勇氣走出家門，想要去找男友，卻在街上意外發現，男友身旁有另一個可愛的女孩陪伴。

女孩連唯一讓她還有勇氣活在這世上的愛情都失去了。出乎意料的是，女孩並沒有大哭大鬧，反而是安靜地回到家裡，烏黑亮麗的長髮一夜之間變得雪白。

她看著鏡中的自己，然後用力砸碎鏡子，拿起一塊鋒利的碎片，往自己的臉上一刀一刀地割下去。

那天深夜，渾身是血的女孩穿著她最愛的白色洋裝，來到自家的樓頂，她已經不想再努力下去了。

女孩從十二樓往下跳，柔弱的身體撞擊住戶的鐵窗數次後，在社區的中庭摔得粉身碎骨。

很多人圍繞在蓋著白布的女孩身邊，她看著被白布蓋住的自己，並且在人群中發現了神色驚慌的男友。

女孩的心中得到了一絲快慰。原來是這樣，只要死掉就好了，死後就不用再受這些人欺負了。

女孩的怨氣毫無止境地增長，她獲得了向這個不公不義的世界復仇的力量。

漆黑的怨氣籠罩了整個友愛社區，不只是傷害過她的人，連無辜的人們都遭受波及，接連死去。

女孩的復仇已經徹底失控。

「我……我是怎麼了，那不是我想要的……」

我聽見女孩心裡的聲音，她無法控制自己的怨氣，人間的手段對她沒有效果，只會讓她更加憤怒。

「顧問，我該怎麼辦，再這樣下去，我又會害死很多人。」

眼前的影像突然消失，季珂出現在我面前，哭著對我說。

「請你……讓這一切結束吧。不管是陽間或是地府，讓白季珂從這世上消失，這樣一來就不會再有人受害。」

「很抱歉，我辦不到。」我搖搖頭。

「那……我該怎麼辦才好？」

我沒有消滅鬼怪的能力，我能做到的只有平息她的怨氣。

「想點快樂的事情如何？」

「快樂的事情……可是，我經歷過的全是悲慘的事，回想起來就痛苦得快要發狂。」

「妳現在已經發狂了不是嗎，為什麼還能正常跟我講話？」

聽我一說，季珂看著自己的雙手，又摸了摸臉頰。

「我現在是正常的樣子？」

「一點都不恐怖喔。」

「我想，是你自己跳進洞裡的舉動嚇到我了。所以才能在瘋狂的神智裡保留這一點點的清醒，我沒想過有人會主動往地府裡面跳。」

「所以我現在人在哪裡？這裡四周伸手不見五指，只有我們站的這裡有一道光，又不是在演舞臺劇。」

「我也沒遇過這種事，但我們應該是在我的意識裡。」

我突然明白了，因為季珂拉著我的手與我一起墜落，也許在墜落的過程中我們的靈魂有一部分混在一起了，所以我才能看見她的記憶，並在這裡聽見她的聲音。

「現在可以跟我坐下來好好談談了吧，關於妳死後究竟發生了什麼。」

我在這道不知從哪裡投射下來的光裡坐下，季珂也跟著我盤腿而坐。

「……我全都想起來了，我變成厲鬼之後無法控制自己的憤怒，不斷地詛咒生者。媽媽為了我找上顧問的公司，希望能替我找到姻緣。但那不是我想要的，那時的我只想報復整個世界，我先是讓那三個欺負我的壞人的汽車自燃爆炸，然後不分晝夜出現在俊恆的面前，害他陷入瘋狂，親眼看著他殺害全家人。」

「妳還記得自己是如何成為鬼差的嗎？」

「社區荒廢之後，我在那裡待了好久，偶爾遇到來探險的遊客或是擅自借住的遊民，我便發出一些奇怪的聲響把他們趕出去。直到有一天，老闆出現在我面前。」

「妳的老闆，難道是……」

「嗯，就是城隍爺。祂來到我面前，告訴我媽媽這幾年來天天都到廟裡去請求祂幫忙，祂被媽媽的誠意感動了，決定來見我。老闆說我身上背負了許多人命，罪大惡極，到地府後一定會被打入阿鼻地獄受苦，但是祂願意給我一個機會贖罪，要我在祂身邊工作一百年。老闆讓我喝下孟婆湯，消去我的記憶，從那之後我成為城隍的鬼差，替祂抓捕惡鬼。」

季珂紅著臉對我低頭道歉。

「對不起，我會這麼討厭色色的事情，是因為我生前被男人汙辱過，你為我做了這麼多，還替我找到媽媽的墓，我答謝你都來不及了，卻一時失控害黛兒她們掉進地府……全都是我的錯。」

「我……應該還有機會救黛兒她們吧？」

季珂用力點頭，說出了我僅剩的最後一條路。

「我們要先找到黛兒她們，只要她們還沒被其他鬼差發現，我就可以把你們帶回陽間。但是在那之前，你必須先制伏發狂的我。」

「妳這是叫我在陰間跟鬼差打架？我怎麼可能制伏得了妳。」

除了齊天大聖孫悟空，我還真想不到誰有那個能耐大鬧地府救人。

「你……不是說過有幫助我消除怨氣的方法嗎？」

「但那是妳最討厭的方式，我不想在妳不情願的狀況下對妳做色色的事情。」

季珂握住我的手，然後輕輕地放在她的胸口，手掌感受到胸部的柔軟。

「沒關係的，我現在已經不怕了。」

季珂俏臉再度羞紅：「因為你讓我知道原來性愛可以那麼幸福……如果是顧問……我沒關係。」

季珂臉紅的模樣嬌美如花，讓我也不禁怦然心動。

她捧著我的臉頰，吻上我的脣。

「這個吻結束之後，你就會醒來，而我最後一絲的理智會完全消失，請你幫幫我，別讓我繼續錯下去了。」

說完這句話，季珂在我眼前消失，照在我們身上的光也隨之熄滅。

我又開始在黑暗的空間裡無止盡的墜落，原來那是季珂心裡最後一道光芒，而接下來我必須面對的是失去理智的瘋狂厲鬼。

墜落持續了十幾分鐘，就算從一〇一往下跳也不用這麼久。我摔落在一塊柔軟的草地上，除了屁股有點痛以外沒什麼大礙。

我起身環視四周，我身處在一座荒寂的樹林裡，清冷的月光照在枯萎的樹木上，頗有好萊塢恐怖電影的味道。

在樹林裡走了一小段路，發現一條泥葉覆蓋的小徑。我順著小徑走出樹林，遠方有個小山丘，總之先登上山丘查探一下附近的地形吧。

通往丘頂的路是碎石板拼湊而成的，不看還好一看差點把我嚇死，我踩在腳底下的那些破碎石板上面竟然出現「顯考」的字樣。

也就是說，這些碎石板全是墓碑。

「到底是誰用墓碑建造這條路，不怕下地獄嗎？啊，這裡已經是了。」我忍不住喃喃自語。

登上丘頂，我才發現原來底下全是黑壓壓的樹林，而遠方有一座看起來像是古代城樓的建築物，周圍閃爍著幽暗的燈火。

印象中城隍爺住在一個叫酆都的地方，也就是所謂的鬼城，那裡該不會就是酆都吧？

山丘上有一間沐浴在月光下的小屋，木造的外牆斑駁脫落，從木牆的縫隙往裡面看，隱約能看到燭火的亮光。我試著推了推門，但門是卡死的，也許後面還有其他的入口。

「黛兒，媛，妳們在裡面嗎？」我輕聲呼喚兩人，裡頭卻沒有任何回應。

她們掉進洞裡的時間跟我差不多，應該不會走太遠才是。

這片樹林中只有這座小丘最為顯眼，如果是黛兒應該會往這裡走。與其像無頭蒼蠅般到處亂跑，不如在這裡等她們。

我繞到小屋後方，突然被人摀住嘴巴拖進小屋裡。

「親愛的，是我們，別叫出聲音，附近有鬼差在巡邏。」媛的聲音在我耳邊響起，我鬆了口氣。

「妳們果然沒事，我就知道妳們會到這裡來。」我轉身抱住媛和黛兒，激動得差點哭出來。

「啊哈哈，我們也是想著顧問先生一定會來找我們，所以在這個小山丘上面等待。但是剛才媛發現鬼差在下方巡邏，我們只好躲進小屋裡。」

她們躲進小屋後，把前門堵住了，媛找到一根蠟燭點起，所以我才會看到亮光。

黛兒用木板把後面的破口堵起來，我們圍著蠟燭，思考著下一步該怎麼走。

「妳們有見到季珂嗎？只有找到她，我們才能回到陽間。」

「我們也不知道季珂小姐在哪裡，被拖進洞裡的時候我都快嚇死了……啊，還是說嚇活？」

平常我會吐槽黛兒她早就死了，可是現在連我都困在陰曹地府，也不知道是死是活，實在沒辦法繼續吐槽她。

「季珂那個樣子，要是遇上鬼差也很危險吧，我想她會被當成厲鬼收走的。」媛說。

「季珂現在失去理智，我想她也八九不離十會在山丘底下的樹林裡徘徊，我們得搶在鬼差發現她之前制伏她。」

「可是……樹林這麼大，又有鬼差四處巡邏，我們根本不可能下去找她呀。」黛兒憂心忡忡地看著我。

「黛兒說得沒錯，就算我們找到季珂，也沒有制伏她的方法，現在的她……怨氣太過強烈了，就算是我最嚴重的時候也沒那麼誇張。」

「我有辦法。」

我向兩人說明接下來要怎麼做，黛兒吞了吞口水，媛掩著嘴一臉訝異。

「親愛的，真的要冒這大的風險嗎？」

「事關我們三人能不能回到陽間，這一把我們非賭不可。」

「可、可是……」

「黛兒，別可是了，不管親愛的做了什麼決定，我們都必須支持他。」

「好吧……我、我會努力的。」

第七章　我是冥婚顧問

我拿起燭火，這間山丘上的破屋裡正好有一張床，雖然算不上什麼舒適的環境，但現在也只能將就一下了。

搖曳不定的光影中，黛兒在我面前帶羞怯地脫掉身上的衣服。

她臺英混血的臉蛋宛如人偶般精緻，鼻梁小巧翹挺，身段穠纖合度，雪白的膚色加上筆直的雙腿，黛兒的身體沒有一刻不刺激我的性欲。

她捧著高高隆起的雙乳，雙頰泛起紅暈，吞吞吐吐地問。

「這、這樣就行了嗎？」

「躺到床上去，媛也是。」

「我知道了，親愛的。」

媛微笑著，也許是黑色長髮的緣故，媛的身材看起來比黛兒更瘦一些。平常不說話時，媛總是給我一種恬靜美人的感覺；但是當她脫掉衣服，就會變成飢渴的野獸，主動得嚇人。

媛的奉獻欲很強，為了我她願意做任何事，所以我不會讓她再受到傷害。

媛和黛兒一起躺在床上，美麗的胴體交疊，媛捧起黛兒的乳房，伸舌輕舔粉色的蓓蕾。

黛兒忍不住發出呻吟，在這危機環伺的地方大膽地做愛，反而更刺激感官中樞，快感比往常更為強烈。

「媛……好癢喔……人家都忍不住哼出聲音了。」

「就是要讓她聽見妳的聲音，這樣我們才有機會抓住她。」媛俏皮輕笑。

季珂非常討厭色色的事情，每次只要我們準備親熱她就會突然出現。我把命運賭在季珂的色情偵測雷達上面，只要她一出現，我就會衝上去壓制她。

所以縱使現在黛兒和媛在我面前活色生香，靈肉交纏，我也不能參與其中，只能瞪著眼睛看。

媛把臉埋在黛兒的頸部，吸吮三角地帶的香氣，左手從雙乳滑過腹部，下探到黛兒的敏感部位。

「哈……啊嗯……那裡……那裡不行……咿嗯嗯……」

黛兒下意識地併攏雙腿，恥丘與腿肉的夾縫間泛著淫亮的光澤。

「黛兒，妳溼了。」媛調笑似地咬著黛兒的耳垂。

「沒、沒辦法啊……好久沒做了嘛，而且現在顧問先生又在那邊看著……很害羞呀……」

黛兒完美的曲線在火光中若隱若現，媛趴在黛兒身上，兩人的乳房互相擠壓磨蹭，纖長的手指在黛兒滑嫩的大腿上來回滑動。

「咿嗯嗯……啊啊……好舒服……哈啊……」

我現在才知道看著她們做這些舒服的事情卻不能參與有多痛苦，下體脹得快要撐破褲襠，季珂怎麼到現在還不出現？

媛轉換了體位，也就是所謂的６９式，她把臉埋到黛兒的雙腿之間，舌尖輕舔溼潤的密穴。

「呀啊啊……媛……那樣舔的話我會……咿嗚嗚……」

敏感的密穴一受到刺激，黛兒叫得更大聲了。

「哈……哈啊……媛的小穴就在我面前……好可愛的形狀喔……」

黛兒也忍不住舔了舔媛的性器，媛像是遭到電擊般猛的昂起頭，美麗的長髮在空中飛舞。

「啊哈……啊嗯嗯……黛兒……啊嗯……」

「還敢說我……黛兒也變得很淫了啊。」

「我、我也很久沒跟親愛的做這種事了嘛……自慰根本不夠……」

媛忘情地搖動著腰部，表情也逐漸變得淫靡魅惑，快感擄獲了兩人，此刻腦中只剩下愛撫對方，讓對方邁向高潮的想法。

可惡……這簡直是最可怕的酷刑，我的兩位妻子在我面前交媾，我卻不能參與，是誰想出這麼惡毒的點子……是我自己。

「啊嗯嗯……啊……媛……那裡好舒服啊……」

「黛兒，我也是……快感好強……」

「好像……快要高潮了……嗚嗯嗯……」

就在此時，陣陣陰風侵入破屋的牆壁縫隙。被黛兒堵住的前門突然彈開，白髮披肩，滿身是血，幾乎看不出原貌的季珂搖搖晃晃地進入屋內，她手裡還拖著那條名為勾魂索的鐵鍊，對著床上裸身的黛兒和媛發出瘖啞的吼叫。

「啊啊啊……啊啊啊啊啊啊！」

「怨氣已經把妳侵蝕到連話都說不好了嗎？」

「呀啊啊啊啊啊啊！」

季珂的怨氣讓整座小屋為之撼動，白髮之下露出了猙獰的面貌。她咧開用剪刀割傷的血盆大口，撲向床上的兩人。

我抓準時機從後方撲了上去，一把抓起勾魂索捆住季珂的腰，硬生生地把她壓在地上。

「啊啊啊！啊啊啊啊啊！」

就算有勾魂索壓制她的怨氣，季珂還是瘋狂掙扎，一腳踢中我的肚子，疼得我眼冒金星。

黛兒和媛連忙跑過來幫我壓住她的雙手雙腳，我跨坐在季珂的身上。

「對不起了，這也是為了救妳，我要對妳做色色的事了！」

我雙手抓向季珂豐滿的雙峰，然後俯身親吻她的嘴脣。

「咕啊啊啊……嗚啊啊啊啊！」

「親愛的，她的怨氣太強了，光是這樣還不夠。」

我只好持續愛撫季珂的身體，並且在她耳邊呼喚她。

「季珂，我是顧問啊！妳不是叫我幫妳消除怨氣嗎？快點醒過來！」

「嘎啊啊啊！啊啊啊啊！」

季珂仍不顧一切地掙扎，怨氣再度暴增。黛兒壓不住她的雙手，被她用力推開，撞上了床緣。

「好痛……季珂小姐的怨懟值根本沒有減少嘛，而且好像更生氣了。」

季珂突然揮出枯槁的右手，扯破我身上的衣物，既然都到這個地步，我也沒什麼好顧忌的了。我一不做二不休把衣服脫光，季珂看到我胯下堅挺的陽物，突然愣住了。

「啊啊……嘎啊啊啊……」

「顧問先生，怨懟值降低了！」

「難道是陽氣的關係？」

剛才不管怎麼做都沒有用，只是把肉棒露出來，就出現了顯著的效果。

「嗚啊啊！你為什麼拿那根東西對著我？變、變態！」

季珂的樣子雖然還沒恢復正常，神智似乎已經清醒了。

「這是有原因的，妳還記得剛才發生什麼事了嗎？」

我要黛兒她們放開季珂，我也從她身上離開，於是小屋裡就變成了一個裸體的男人，兩個裸體的女鬼，還有一個齜牙咧嘴但搞不清楚現況的厲鬼共處一室這樣荒謬的局面。

聽完我的說明，季珂才恍然大悟。

「原來如此，我又變成這個樣子了，怨氣不受控制，害你們都掉進地府……這次真的搞砸了，我一定會被老闆罵的啦……」

「問題是妳現在這個樣子，理智只是暫時恢復，不知何時又會突然發瘋，我接觸到妳的意識時，妳的理智拜託我幫妳消除怨氣。因為妳生前遇過那種事情，我不想強來，所以現在我要再問妳一遍。妳願意跟我做愛，讓我消除怨氣嗎？」

「哪有人這樣問的……一點情調都沒有，我自己也知道情況有多嚴重，用這副模樣在地府遊蕩，馬上就會被鬼差抓走。」

她猶豫了片刻，又看了看黛兒和媛。

「如、如果她們陪我一起……我就做……」

「咦，我們也要一起嗎？」黛兒笑問。

「不然太、太丟臉了嘛，如果妳們也一起……也許我會比較不覺得害怕。」

「呼呼，有什麼關係呢，反正我們也好久沒跟親愛的做愛了。」

「好吧……這也是為了幫助季珂小姐。」

「可是我現在這個恐怖的樣子……好丟臉……」

在美麗的黛兒和媛面前，季珂開始自慚形穢。在她生前精神最委靡的時候，她對自己的樣貌感到厭惡，因而用剪刀自殘，割傷自己的臉。

「這都是怨氣的影響，等到怨氣消退，妳就會恢復原來的樣子了。」

「嗯……嗯，那我該怎麼做才好？」

「全都交給我們就好了，妳只要放輕鬆，好好享受這個過程，就跟上次一樣。」

季珂面對我躺下，雪白的長髮自然而然地散開，媛解開她的衣鈕。這是第二次看見她滿是傷痕的身體，知道她的過去後，她身上的每一道傷痕都讓我感受到錐心刺骨的痛。

我小心翼翼地觸摸季珂雙乳之間那道血淋淋的傷口，她輕輕地哼了一聲。

「還會痛嗎？」

季珂搖搖頭：「不會……胸口的這道傷，應該是我從頂樓跳下的時候撞到鄰居的鐵窗造成的……很醜吧？」

「我們怨懟值暴漲的時候模樣也很恐怖呢，我還曾在家裡被血流滿面的媛嚇到過。」黛兒噗哧一笑。

「我又不像黛兒怨氣控制得那麼好……」

「所以妳不需要在意，顧問先生會幫助妳，讓妳恢復成本來的樣子。」

我擁著季珂的身體，每一吋的肌膚都緊緊相貼，為了讓她放鬆，最初是從吻開始。

剛開始季珂還有些不習慣，但很快地便伸出舌頭，與我的舌肉交纏在一起。

「哈啊啊……有點頭暈呢……」季珂露出微笑，只是一個吻而已，她的的怨氣又降低了一些。

「黛兒跟顧問親熱的時候，也是這麼舒服的感覺嗎？」

「我想一定是的，因為顧問先生很溫柔。」黛兒笑咪咪地說。

「那我就放心了……咿、咿呀……媛，妳怎麼在那裡……啊啊嗯……」

媛不知什麼時候跑到後面去，愛撫著季珂的密穴，使她剛放鬆的身體又緊繃起來，發出了迷人的嬌喘。

「好舒服……呼啊……」

媛巧妙地玩弄著她雙腿之間的花蕊，黛兒掩著嘴竊笑：「季珂小姐現在的表情好色喔，嗚呼呼。」

「不要看……好丟臉呀……」

我捧著她柔軟的乳房，舌尖舔拭著她胸口下方的傷口，季珂嗚嗯一聲，小穴沁出了晶瑩的汁液。

「哈啊……好刺激……好舒服……」

見我們逐漸打得火熱，黛兒情不自禁地愛撫著小穴，然後握住我的肉棒，微微張開小嘴含住龜頭。

「哈啊……是顧問先生的味道……好懷念啊……」

「也不過才幾天而已，有這麼誇張嗎？」

「因為……之前每天都做，一日不見如隔三秋！」

黛兒吞吐著鼓脹的男根，強烈的快感瞬間貫穿我的身體。

「顧問的表情好誇張喔……用嘴巴吃那裡有這麼舒服嗎？」

「季珂小姐不是有交過男朋友嗎，連這個都不知道？」黛兒好奇問道。

「我們……從沒發生過關係，因為……我會害羞……難怪後來我會被他拋棄……」

「別去想那些事情了，怨氣又會暴增的。」

「那……我也能試試看嗎？」

沒想到季珂主動提出為我口交的要求，黛兒笑了笑，扶著季珂起身，讓她握住肉棒。

「我的嘴巴這麼恐怖……顧問不會害怕嗎？」

「不論在什麼情況下都能硬起來才是真男人。」

「我覺得那只是單純的變態而已，但是這樣的親愛的我最喜歡了。」嫒笑說。

「對啊對啊，之前我們沒辦法控制怨氣的時候，我的模樣連我自己照鏡子都會嚇到了，顧問先生還能跟厲鬼模式下的我們做愛耶。」

「怎麼一點都感覺不到妳們在稱讚我啊，越說越像超級變態了。」

「我、我要開始了。」

季珂試著把男根放進嘴裡，舌頭笨拙地舔拭著龜頭。

啾嚕……吸嚕……啾嚕……

「就是這樣，做得很好喔，然後慢慢地吞進去吧。」黛兒在一旁鼓勵她，季珂鼓起勇氣把肉棒吞得更深了一點。

「咳、咳！不小心碰到喉嚨裡面了……咳！」

她皺著眉頭，猛咳了幾聲。

「如果不習慣就別做了吧。」

「不行，是我自己提的，我想做到最後，至少也要讓你露出跟剛才一樣的表情。」

「嗚呼呼，原來季珂也是個不服輸的孩子。」媛竊笑著。

季珂再度握著肉棒，舌尖舔過龜頭的繫帶，然後用整個口腔包覆著肉棒。

「呼嗯……啾嚕……呼嗯嗯嗯……」

季珂學剛才黛兒的動作，上下移動頭部，肉棒在她嘴裡發出了溼潤的水聲。

「咻嚕嚕……哈啊……吸嚕……咻嚕嚕……」

「嗚嗯……好舒服……」我忍不住吐出聲音，季珂揚起眉毛，像是在說她也辦得到。

「哈嗯……嘴巴裡全是顧問的味道……哈啊……」

季珂持續為我口交，媛從後面像攻擊獵物的蟒蛇纏了上來，單手扶著我的下顎，用性感的雙唇封住我的嘴。

「親愛的……嗯嗯……啊嗯……」

「啊，媛好奸詐，人家也要跟顧問先生親親。」

「這裡已經客滿了，妳跟季珂一起服侍親愛的吧。」

「姆嗚嗚……那我就攻擊顧問先生的這裡！」

黛兒蹲低身子，蜻蜓點水般啃噬著陰囊的皺褶，突如其來的刺激讓我忍受不住，射精的欲望突然暴增。

「糟糕！被妳們三人圍攻……我快射了！」

季珂連忙鬆口，白濁的精液在空中飛灑，射得季珂和黛兒滿臉都是。

「啊啊……啊啊！好熱……顧問的精液好熱喔，感覺要被燙傷了……」季珂的眼神迷濛，看來沒有生氣的樣子。

也許是男性的氣味太過強烈，黛兒貼過去捧著季珂的臉蛋，舔掉她臉上的精液，然後與季珂接吻。

「嗚嗯嗯……呼嗯嗯嗯！吃到精液跟黛兒的口水了……哈啊啊……味道好重……

身體變得好熱……」

媛的手指上沾滿了溼漉漉的淫水，三人並排躺在地上，甜膩的嗓音在我耳邊響起。

「吶，親愛的，差不多可以開始了吧，我快忍不住了。」

季珂抱著胸，雖有過上次的經驗，但這次黛兒和媛都躺在她旁邊，讓她無法掩飾緊張神色。

「三、三個女生躺在這裡任你挑選……你、你這傢伙還真是幸福啊……哼！」

季珂為了掩飾緊張感而嘴硬的這點也很可愛，但我根本無須選擇，因為今晚的主角是她，我們是為了淨化她的怨氣才會在這裡幹這種事。

「季珂，我要進去了。」我撐著季珂的膝蓋，將雙腿微微分開。

「咦！欸？第一個是我嗎？」

「妳以為我是為了誰才這麼做，我們可不是在玩啊。」

「可、可是……」

「呼呼，季珂好可愛，到最後關頭才開始緊張。」媛挑逗著季珂的乳頭，笑說。

「啊啊嗯……你們合起來欺負我……嗯啊……」

能不能像上次一樣成功淨化季珂的怨氣就看這一刻了，我握著男根的前端，微微碰觸潮溼的密穴。

季珂的身體因為情欲高漲而變得敏感無比，還沒插入便開始抽搐。

「啊啊……真的要……要插進來嗎？」

龜頭推開粉嫩的陰脣，慢慢進入季珂的身體，她不由自主地握住黛兒和媛的手。

「咕嗯……啊啊好熱……進來了，肉棒插進我的小穴裡面了……」

小穴發出了咕啾咕啾的淫聲，那是季珂的身體也迎合著我的證明。

我慢慢開始擺動腰部，肉棒在陰道內一進一出，厚實的蜜肉被反覆推開，緊密的快感不斷注入男根之中。

「啊哈……啊嗯……好舒服……可是……被媛和黛兒看著……好羞恥……」季珂承受不住羞恥的衝擊，閉著眼睛不敢看我們。

「一定很舒服吧，跟顧問先生做愛是這世界上最幸福的事了，我想也許是這份幸福抵銷了我們心裡的怨氣喔。」黛兒說。

「哈……啊嗯……哈啊……」

無比愉悅的舒暢感源源不絕從下體湧出，我與季珂結合的部位溢出了白色的漿

沫，季珂的乳頭也因為興奮而站立起來。

「哈嗯……啊……啊啊……好幸福，真的好幸福……」

就在此時，季珂身上的傷痕慢慢消失，變回雪白通透的膚色，嬌羞的少女正承受著我一次又一次的抽插。

「顧問……愛我……哈啊……僅限今晚，讓我感受幸福吧……啊啊嗯……」

我也是打算這麼做的，我要讓季珂體驗到她從未感受過的幸福，十年份的幸福，我要在今晚一次給予她。這或許是個不公不義的世界，我所能做的也只有替這些滿懷怨恨的靈魂尋找幸福。

「啊……再多疼愛我一點……哈啊……好棒，再深一點……」

季珂已經習慣肉棒在身體裡移動的感覺了，於是我慢慢加重力道，將肉棒推進到更深的祕處。

那又是另一股截然不同的快感，就像被緊緊地吸住、拉扯，再輕鬆地放開。

「舒服嗎？顧問，我的裡面舒服嗎？」

季珂終於能毫無顧忌，忘情地享受性愛，我們已經顧慮不了這一聲聲的浪叫是否會引來鬼差的注意，只能把全副身心專注在這一刻。

「很舒服喔，陰道又溼又暖，而且好緊……」

「哈啊……好開心……我現在才知道原來做愛是這麼快樂的事情……肉棒好硬……小穴舒服得又快要高潮了……」

我激情抽插季珂的時候，媛和黛兒一臉羨慕地看著我們。

「好激烈喔……季珂小姐的那裡都淹水了。」

「親愛的，我有點吃醋了，既然季珂的怨懟值已經平緩下來了，那我們也……」

我拔出肉棒，噗滋一聲插入媛早已做好準備的密穴，媛的表情突然變得鬆弛，微微吐出舌頭。

「昂恩……我跟親愛的又合為一體了，啊啊……」

媛曲線優雅的美體輕輕地顫抖幾下，呼吸變得急促，我則品味著幾天不見的小穴，觸感果然還是無比飽滿緊實。

「啊啊……啊嗯……親愛的，動起來……我的胸部，胸部也要……」

我遵從媛的要求抓住翹挺的乳房，使勁推送腰部。

「好舒服……啊……好硬啊……小穴感覺要被親愛的刺穿了……」

「媛……很舒服喔……媛！」

「親愛的……啊嗯……啊啊……我最愛你了……」

我們貪婪地需索對方的身體，柔嫩的蜜肉在這瞬間包容了我的一切。

黛兒吞了吞口水，望向還在享受高潮餘韻，頻頻喘息的季珂。

「季珂小姐……」

「黛兒……」

那兩人突然抑制不住情欲的鼓動，修長而美好的肢體交疊在一起，互相吻遍對方身體的每一個角落。

黛兒吐出灼熱的喘息，張開雙腿，女陰與季珂相接，兩人身上最柔軟的地方開始相互磨蹭。

「呀嗯……這樣也好舒服……季珂小姐……啊啊……」

「好奇怪的感覺……嗚嗯……」

「愛液又湧出來了……嘻嘻……」

「哈啊……不要……我居然不只跟顧問做愛，連黛兒也……」

「有時候我也會和媛這樣做喔……」

「黛兒比我想像得還要大膽……啊嗯……嗚嗯嗯……」

季珂發出了苦悶的聲音，細長的黛眉因快感而皺起。

「親愛的，你看她們，居然做起來了。」

接著黛兒趴在季珂的身上，將桃臀對著我，以乳貓般甜膩的嗓音撒嬌。

「顧問先生，該換人家了吧，我等好久了。」

我當然不會讓黛兒獨自等太久，滿足了媛之後，我立刻插入黛兒的小穴。

「啊嗯嗯嗯嗯！」

黛兒情不自禁地抬起臀部，我的鼻腔裡充滿淫靡的氣味，早已分不清楚那是黛兒或是季珂，抑或是媛體液的味道了。

「好深……啊嗯……一插入就碰到最裡面了……」

剛才黛兒和季珂的預熱讓她的身體處於情欲高漲的狀態，肉棒才抽插幾下，小穴便開始噴出清透的汁液。

「顧問……別忘了我……我也要……」

我明明身處地府，卻要被快感推上天堂。我們把荒涼樹林裡小山丘上的這間破屋，變成了酒池肉林。

抽插黛兒幾下，我又轉為抽插季珂，媛貼在我的身後，背部感受得到乳房的重壓。

「媛也過來……哈啊……跟我們一起……」黛兒說。

接著三人躺成了川字形，股間都閃爍著誘人的淫光。我想滿足她們，所以奮力晃動我的腰部，不放過任何一個密穴。

「咕嗚……實在是太爽了，我快到極限了……」

「親愛的很努力了呢，那就射出來吧，我們三人，看親愛的想射在哪裡都行。」媛充滿情調的耳語像是火上加油，讓我燃燒到最後一刻。即將爆發的瞬間，我抽出肉棒，狂野噴出的精液不受控制，濺灑在三人的身上。

「呼啊……啊啊……汗水跟精液混在一起，變得黏糊糊的了。」季珂雙眼還在恍惚狀態，嘴角不自覺地上揚起來。

「你們真的是太誇張了，每天都過著這麼淫亂的日子嗎？」

「唔嗯，其實我也有點擔心親愛的身體撐不撐得住呢。」媛握住肉棒，用嘴巴替我清潔沾到的精液。

「可是每次先虛脫的都是我們啊，顧問先生的體力好像沒有極限似的。」黛兒笑說。

「好誇張……可是能和喜歡的人一起做這種事，而且是每天，真的很幸福。我現在能體會為什麼顧問拚了命也要保護妳們，因為你們的愛情已經超越了生與死。」

季珂忽然寂寞地笑了笑：「總覺得，有點羨慕。」

黛兒抱住季珂，銀鈴般輕笑：「那季珂小姐也跟顧問先生冥婚，然後我們四人一起生活就好啦。」

「為、為什麼我非得跟這傢伙冥婚不可啊？」聽黛兒一說，季珂冷不防又出現傲嬌的反應。

「莫非季珂小姐討厭顧問先生嗎？」

「也、也不是討厭啦……要是討厭哪可能讓他碰我的身體啊……只是突然說要冥婚什麼的……我一時無法接受。現、現在不是說那種事的時候啦，我得快點送你們回到陽間才對。」

季珂支開了話題，不過這的確是目前的首要之務，我們把身體弄乾淨，穿上衣服準備離開小屋。

到了屋外，季珂指著遠方的巨大城樓。

「那裡就是鬼城酆都，我平常就生活在那裡。」

「妳的老闆……城隍爺也在酆都對吧？」我問道。

「嗯，所以我們在這裡的一舉一動都有可能驚動老闆，絕對不能靠近酆都。否則黛兒和媛都無法回到陽間，顧問也會折損陽壽後被遣返回去。」

「我剛還想著有機會要去酆都觀光咧……還是放棄這種危險的想法好了。」我尷尬地笑了笑。

「別鬧了，這裡可不是讓你觀光的地方，等一下我會帶你們穿越死者之森，打開傳送門送你們回到陽間。」

「等等，那地府的新法案怎麼辦？」

「事到如今，我也不可能拆散你們了。我會告訴老闆我沒找到你們，雖然可能會受到一點處罰就是了。」

季珂兩手一攤，無奈地笑了笑。

「那怎麼行……為了我們，季珂小姐竟然要受罰。」黛兒用力搖頭，可是除此之外我們也沒有其他方法了。

「別管那些小事了。顧問，我很感謝你幫助我找回記憶，這就算是我的報恩吧。」

哐啷……哐啷……哐啷……

山丘下方突然傳來鐵鍊拖地的聲音，不管聽多少次都讓人頭皮發麻。

「鬼差們來了，我們快走，其他的鬼差可不像我這麼好說話。」季珂面露緊張神色。

我們急急忙忙地從山丘的另一側下山，鐵鍊在地面拖行的聲音如影隨形地跟著我們。黛兒緊握著我的手，難掩心中恐懼，微微地顫抖著。

「別怕，我們很快就能回家了。」

季珂領著我們在遼闊的死者之森中迂迴繞路，避開鬼差平時巡邏的路線。但從四面八方傳來的鐵鍊聲越來越響，我心跳不斷加速。如果是我也就罷了，要是黛兒她們被抓住，可是會永遠回不了家。

我們又走了一段路，季珂停下腳步。

「到這邊應該差不多了，這裡是巡邏路線的盲點，接下來我會打開傳送門，並帶你們回去。」

「嗯，拜託妳了。」

季珂甩出勾魂索，正要打開通往陽間的門，周圍突然鐵鍊聲四起。我還來不及反應過來，我們已經被鬼差團團包圍。這些地府的差使彷彿從虛空中現身，來得毫無徵兆。

「完、完蛋了！季珂，快點開門。」我喃喃自語，既然被鬼差發現，至少也要把黛兒和媛先送回去。

「抱歉……已經來不及了。」季珂雙手垂下，在我們被鬼差發現的當下，我所有的努力都前功盡棄。

「開什麼玩笑，我怎麼可以在最後一刻放棄！」

剎那間，我失去了理智，不顧一切撲向鬼差，希望能替黛兒她們爭取一點逃跑的機會，只不過一切都是徒然。

在我面前的男性鬼差右手一揮，鐵鍊便自動纏到我身上。下一刻我力氣全失，連嘴巴都張不開，只能眼睜睜看著黛兒、媛以及季珂都被鐵鍊綑綁。

男性鬼差一言不發地拖著我往酆都的方向走，我不知道其他三人被帶到什麼地方去了，只能努力集中意識，尋找脫逃的機會。

過了好一陣子，我終於有辦法開口說話。

「這位大哥，我、我還是活人，陽壽還沒盡呢，這是一場誤會。」

「……」

表情很冷酷的鬼差大哥像是沒聽到我的話一般，連眉毛也沒動一下。

「我們現在是要去哪裡啊？這樣吧，我是專門做冥婚仲介的，如果大哥你願意，我可以幫你介紹個漂亮女朋友如何，能不能放我走啊？」

「老闆要見你們。」

鬼差大哥終於說話了，但我的心裡卻涼了一半。

城隍爺要見我們，那不是準備判刑了嗎？

「誤會啊，全都是誤會，我們是不小心掉到地府來的，正準備要回去呢，哈哈……哈哈哈。」

「老闆自有定奪。」

這位鬼差大哥惜字如金，說完之後就閉嘴不再開口，而我只能任由他像拖著屍體般前往酆都。

＊＊＊

我被帶到一個巨大的環形空間，圍繞著空間的牆壁畫出了無數的方格，每一個方格裡都有名字。然後我身處的是看起來像是法庭的地方，前面的高臺上有一張豪華的大桌，一名看起來很累的美女坐在那裡，旁邊的部下正在替她搓揉太陽穴。剛才帶我進來的鬼差大哥站在一旁，這怎麼看都是包青天問案的場景，只差旁邊沒擺狗頭鍘了。

毫無疑問，坐在上面的就是鬼差們的老闆，鬼城酆都的主人城隍爺。

只不過這位城隍爺跟廟裡的神像不太一樣，是女性的形象，也沒有穿著古代官服，而是成熟俐落的禮服。

沒多久後，黛兒她們也被帶到這裡來，一見到城隍爺威武的尊容，她們不禁瑟瑟發抖。

「顧問先生……你沒事吧？」

「親愛的，等一下不管發生什麼……請你……不要為了我們而做出錯誤的決定。」

「唉。」

城隍爺輕嘆了一聲，整個空間立刻震動起來。她的嘆息在我們耳裡隆隆作響，就像打雷一樣。

「你們別亂搞啊，一個生者帶著兩個死者跑到我這裡來做什麼？」

這時季珂匆匆忙忙跑進來，對著她的老闆深深低頭。

「老闆，請聽我解釋。」

接著，季珂開始為我們辯護，城隍爺聽完她的說明，靠著椅背又嘆了口氣。

「亂搞一通，妳現在是嫌地府還不夠忙嗎？」

「非常抱歉，全都是我的錯，請老闆不要怪罪他們。」

城隍爺一伸手，環形的高牆上一個格子自動開啟，從裡頭飛出了一本書，落到她的手上。

「冥婚交友中心的顧問……嗯哼，原來如此，啊哈哈，你這傢伙竟然真的叫顧問？」

「姓顧名問不行嗎？我媽名字取得好啊。」我小小聲地吐槽了一句。

她手上那本書顯然有我的資料，也就是說這面不知道有多高的環形巨牆上面每一個小格子都代表著一個人，而格子中存放的是他人生的紀錄。

「也就是說，你協助季珂恢復她的記憶，而且還淨化了她的怨氣？」

「是這樣沒錯。」

「啊哈哈哈，啊哈哈哈！」

我不知道我是否說錯了什麼，城隍爺突然大笑不止。

「顧問，你可知道她的怨氣連我都束手無策？」

「連……城隍爺也沒辦法？」

這真的讓我驚訝到下巴都要掉下來了，我做到了城隍爺也辦不到的事？

「當年她的母親日日到廟裡祈求，希望我能拯救她的女兒，我應允了她的願望。但是那時的季珂已經背負了太多罪孽，被怨氣深深侵蝕，連我也想不到讓她恢復正常的方法，所以我讓她喝下了孟婆湯，讓她忘掉過去，並帶在我身邊修行贖罪。顧問，你到底用了什麼方法淨化她的怨氣？」

「我、我不好意思說。」

開什麼玩笑，要是在城隍爺面前據實以報，我馬上就會被打入專門懲罰色情的那種地獄吧。

「唔，有難言之隱嗎？但我實在好奇，你一個凡人為什麼擁有淨化怨氣的能力，我允許你說，不管你用了什麼方法我都不會生氣。」

「其實是……做愛。」

這下連城隍爺也瞪大眼睛，緊接著所有鬼差都跟著哄堂大笑。

「想不到啊，想不到。用做愛來淨化厲鬼的怨氣？啊哈哈哈，真有你的，難怪你能累積這麼多陰德。」

「我累積了很多陰德？」

城隍爺拍拍放在桌上的那本書，笑說：「上面寫著你解救了許多無處可去的厲鬼，並且為她們找到幸福，這是美事一樁，所以累積了不少陰德。如果當時季珂能遇到你，也許我不用抹消她在陽間的存在。」

聽城隍爺一說，我就想到了月婆的朋友阿琳他們的反應，不過是十年前發生的事，卻已經被人們遺忘了，原來這其中還有城隍爺出手。

接著城隍爺又看向黛兒和媛，她們低著頭微微發抖，不敢對上城隍爺的目光。

「妳們就是違反了地府一夫一妻制新法的女鬼吧？」

「嗚，好可怕喔……」黛兒緊握著我的手。

「哼嗯……我還奇怪為什麼妳們不去輪迴轉世呢，原來是在陽間找到了幸福啊。」

「城隍爺，可以聽我說一句話嗎？」我鼓起勇氣開口。

「說。」

「在這邊的兩人已經跟我舉行過冥婚的儀式了，她們都是我的妻子，而在那之前我們並不知道地府通過一夫一妻的新法案。請您高抬貴手，別從我身邊帶走她們。」

「老闆，顧問他幫了我很多，我也想替他求情……黛兒和媛跟他的感情真的很好，能否請您睜一隻眼閉一隻眼？」季珂也幫我說情，對城隍爺深深低頭。

「季珂，妳跟在我身邊也有十年了，應該知道地府的律例跟天條一樣是不能違背的吧？況且新的法案也不是我訂下的，我只是個地方官，負責管理這個城市的地府，這可真叫我為難呢。」

「城隍爺，要我付出什麼代價都行，請您高抬貴手。」

「親愛的……不可以說這種話！」媛急忙拉住我。

我也知道不能跟司掌陰間司法的大神談條件，但除此之外我還能做什麼呢？

「顧問，你這傢伙很有趣啊，要不要到我手底下工作？」

「欸？可是我還沒死耶。」

「哈哈哈，差點忘了，那就等你死後到我這裡來，我會為你安排一個適合的職位。」

「這句話的意思是？」

「就算我是城隍也不能違背地府的律例，但抓不到人就沒辦法了，對吧，季珂？」

「是！我到陽間找了很久，都沒找到要抓的人。」

「很好。不過妳要記住，我破例放過你們是因為你累積了不少陰德，這種事情可沒有第二次。哈，真是愉快，笑了幾聲頭痛都好了。」

「謝……」

「等等。」

城隍爺抬起手打了個響指，空中隨即憑空出現了通往陽間的道路。

「我沒見過你們，所以不用道謝，但你可別忘了我們的約定。去吧，回到你們應去的地方。」

「我能問最後一個問題嗎？季珂……之後會怎麼樣？」

「這是個好問題，但不是你們凡人應該知道的事，快點離開免得我改變心意。」

「你們快點走吧，老闆法外開恩可是很稀奇的，別惹她生氣了。」季珂也催促我們進入傳送通道，我和黛兒、媛手牽著手一起回到陽間。

等到我醒來，我們已經在自己的家裡，窗外的太陽已經下山了。

我搖醒趴在地上的媛跟黛兒。

「我、我們回家了嗎？這該不會是一場夢吧？」

「親愛的，結束了嗎？我們從地府平安歸來了？」

兩人仍不敢相信我們逃過了一劫，我們三人緊緊抱在一起，黛兒泣不成聲。

「我好開心，我們不會被拆散了……嗚，我們要永遠在一起。」

「親愛的，你剛才真的差點讓我嚇得魂飛魄散。你已經為我們犧牲了太多，不可以再犧牲自己，知道了嗎？」媛的語氣略帶責怪，但我知道她是為了我著想。

「可是顧問先生以後真的要去城隍爺那裡工作嗎？」

「以後的事情誰知道，但是在那位美女身邊工作似乎也不錯。」

「吼！顧問先生又開始想色色的事了。」

「現在沒有人會突然出現舉起禁止色色卡了，我當然要盡情發揮我的色色之力！」

我撲向兩人，在她們姣好的身軀盡情地上下其手，黛兒笑個不停。

「呀哈哈，不要，好癢啊，啊哈哈哈！」

黛兒喘著氣，又忽然想起季珂。

「季珂小姐會不會受到處罰啊？」

「誰知道呢，她恢復記憶之後不曉得還能不能繼續當鬼差呢。」我搖搖頭，遇見鬼差已經夠扯的了，我們還到地府一遊，被鬼差抓走，還見到了城隍爺，這些遭遇就算講給月婆聽，她也會覺得我在鬼扯。

但我衷心祈禱，希望季珂能順利進入輪迴投胎轉世，享受新的人生。

＊＊＊

「嗚哇！這到底是怎麼回事啦！」

大概是凌晨三點半左右，我在一所因為少子化而廢棄的小學校舍走廊狂奔，目露凶光的黛兒在後面追著我跑。

「吼吼吼！」

「吼個屁啊，鬼還會被鬼附身，妳是不是有毛病！」

「吼——」

這次的案子是一位病故的小學老師，不知道為什麼死後鬼魂會出現在空無一人的校舍裡徘徊，她的家屬想要把她帶離這個廢棄的學校，並且替她找到對象，所以委託了冥婚交友中心。

一個小時前，我和黛兒進入校舍，沒多久就遇到了怨氣爆發的厲鬼。正當我要拿出情趣法器收拾她的時候，她突然跳到黛兒的背上，然後黛兒就受她的怨氣影響失去了理智，現在拿著三角尺追殺我。

「啊啊氣死我了，真是成事不足敗事有餘。」

我跑得上氣不接下氣，決定不再逃跑了，先讓黛兒恢復正常再說。

從地府回來已經過去半年了，我還是在冥婚交友中心工作。倒不是說我沒有想過要幹其他行業，而是我只適合當冥婚交友中心的顧問，這是我的天職。

剛開始我們也每天晚上都提心吊膽，深怕城隍爺騙我，事實上她就算騙我，我也拿他沒轍。

不過捉拿黛兒和媛的鬼差，終究是沒有再度出現在我們面前。

也因為這樣，我們無從得知季珂的近況如何。不曉得她是否受到了懲罰，又或是去投胎轉世了。

雖說最好是不要再見到面，鬼差出現在黛兒她們面前怎麼想都不是好事，但我們畢竟一起生活了幾天，也一同經歷了她的悲傷與痛苦，難免會好奇她的近況如何。

地府與陽間相隔只有一線，卻是無論如何也跨不過去的界線。

發狂的黛兒衝到我面前，趴在她背上的女老師已經完全怨靈化，五官全都不見，臉上只剩下幾個歪曲的黑洞。

今天正好來試試公司新出的情趣法具，驅魔保險套。

其實是月婆要我帶在身上到處推銷，但這種東西根本賣不出去，不知道商品開發部的人腦袋到底在想什麼。

我在黛兒面前脫下褲子，試著在她把我掐死之前讓陽具勃起，然後裝上驅魔保險套，一棒打在怨靈的臉上。

怨靈像是被球棒重擊一般飛了出去，我無言以對。這是什麼搞笑的效果，要驅魔前還得先勃起，給我一支寫滿經文的球棒不是更快嗎？

黛兒隨即清醒過來。

「欸？我剛才是怎麼了……哇！你怎麼沒穿褲子！變態！」

「還不是為了救妳，剛才妳被女老師附身啦。」

「嗚……難怪我覺得身體好重喔，原來是被附身了。」

「笨蛋，妳已經是鬼了還會被鬼附身，丟不丟臉啊。」

「不好意思，欸嘿嘿……」

我穿上褲子，卻發現女老師的怨靈變得更加巨大了，她的背已經頂到天花板，至少也有五公尺高。

女老師的形象變得更為猙獰恐怖，根本就是都市傳說裡專門吃小孩的惡鬼。

「不太妙，沒碰過會變成巨人的厲鬼啊，我們還是先溜吧。」

我拉著黛兒往校門口的方向跑，該死的走廊卻怎麼跑也跑不到盡頭。我這才發現我們已經處在女老師製造出的領域裡了，這代表她的怨氣已經大到不可收拾。

「她不是病死的嗎，為什麼會有這麼重的怨氣啊？」我一邊跑一邊大叫。

「月婆說她有一個單戀很久的男老師，但是在生病住院的期間，那位男老師跟另一個女老師結婚了，這條走廊好像就是他們每天早上會見面的地方喔。」

「就這樣？屁點大的小事也能醞釀出這麼重的怨氣？」我感到匪夷所思。

「哇啊啊，顧問先生你害她越來越生氣了。」

到最後我真的跑不動了，氣喘吁吁地倒在地上，女老師的怨靈伸出漆黑的雙手壓住我和黛兒。

「完了，今晚真的要栽在這裡。」

「顧問先生……」

正當我們感到絕望的時候，黑暗中竄出了一條鐵鍊綁住女老師的怨靈，她發出驚人的狂吼，震碎了整條走廊的窗戶。

「鐵鍊？難道是鬼差？」

忽然間，白髮白衣的季珂從黑暗中走出，似笑非笑地蹲在我面前。

「顧問，需要幫忙嗎？」

我忙不迭地點頭，要是不求她幫忙我就真的要去蘇州賣鴨蛋，提早到城隍爺那裡報到上班。

季珂用手指戳了戳我的額頭。

「那你欠我一次，嘻。」

完。

冥婚交友中心
《鬼差的戀愛指南》

浮文字

冥婚交友中心：鬼差的戀愛指南

著　　者／D51
執 行 長／陳君平
榮譽發行人／黃鎮隆
協　　理／洪琇菁
總 編 輯／呂尚燁
插　　圖／仙界大濕
美術總監／沙雲佩
美術編輯／李政儀
執行編輯／楊國治
企劃宣傳／楊玉如、施語宸、洪國瑋
國際版權／黃令歡、梁名儀
內文排版／謝青秀

出　　版／城邦文化事業股份有限公司 尖端出版
台北市中山區民生東路二段一四一號十樓
電話：（〇二）二五〇〇―七六〇〇
傳真：（〇二）二五〇〇―二六八三
E-mail：7novels@mail2.spp.com.tw

發　　行／英屬蓋曼群島商家庭傳媒股份有限公司城邦分公司 尖端出版
台北市中山區民生東路二段一四一號十樓
電話：（〇二）二五〇〇―七六〇〇（代表號）
傳真：（〇二）二五〇〇―一九七九

中彰投以北經銷／楨彥有限公司（含宜花東）
電話：（〇二）八九一九―三三六九
傳真：（〇二）八九一四―五五二四

雲嘉以南／智豐圖書有限公司
（嘉義公司）電話：（〇五）二三三―三八五二
傳真：（〇五）二三三―三八六三
（高雄公司）電話：（〇七）三七三―〇〇七九
傳真：（〇七）三七三―〇〇八七

香港經銷／城邦（香港）出版集團有限公司
香港灣仔駱克道一九三號東超商業中心一樓
電話：（八五二）二五〇八―六二三一
傳真：（八五二）二五七八―九三三七
E-mail：hkcite@biznetvigator.com

新馬經銷／城邦（馬新）出版集團 Cite（M）Sdn. Bhd.
E-mail：cite@cite.com.my

法律顧問／王子文律師　元禾法律事務所
台北市羅斯福路三段三十七號十五樓

二〇二二年四月一版一刷

■中文版■

郵購注意事項：
1.填妥劃撥單資料：帳號：50003021戶名：英屬蓋曼群島商家庭傳媒(股)公司城邦分公司。2.通信欄內註明訂購書名與冊數。3.劃撥金額低於500元，請加附掛號郵資50元。如劃撥日起 10～14日，仍未收到書時，請洽劃撥組。劃撥專線TEL：(03)312-4212 ・ FAX：(03)322-4621。E-mail：marketing@spp.com.tw

國家圖書館出版品預行編目資料

冥婚交友中心：鬼差的戀愛指南 / D51 作 . -- 1 版 . -- [臺北市]：城邦文化事業股份有限公司尖端出版：英屬蓋曼群島商家庭傳媒股份有限公司城邦分公司發行 , 2022.04

面：　公分

ISBN 978-626-316-697-4（平裝）

863.57　　111002598